Liane Schiffer
Trauma-Labyrinth

Über das Buch und die Autorin

Als eines von vier Kindern komme ich 1972 in Vorarlberg zur Welt. Die Ehe meiner Eltern zerbricht, der Vater ist alkoholabhängig und neigt zu Gewalt. Nach der Scheidung zieht uns unsere Mutter alleine groß und behütet mich, ihre einzige Tochter, besonders. Unsere Familie kämpft sich durch arme Verhältnisse. Später entscheide ich mich, mich von sämtlichen familiären Bindungen zu lösen. Ich heirate und bekomme mit meinem liebevollen Mann zwei Töchter.

In den folgenden Jahren hält das Leben weitere Schicksalsschläge für mich bereit, die ich dank meiner Resilienz und mit Unterstützung meiner »Happy Family« meistern kann. Meine jahrelange berufliche Tätigkeit mit Kindern ist für mich nicht nur ein Job, sondern meine tiefe Berufung.

2020 treffen Corona und die Pandemiemaßnahmen sowohl mein privates als auch mein berufliches Leben mit voller Härte. Alles läuft unaufhaltsam aus dem Ruder und ich scheitere daran, meinen persönlichen »Super-GAU« wieder in den Griff zu bekommen. Belastet durch die Pandemiemaßnahmen verschlechtert sich mein Gesundheitszustand dermaßen, dass ich meinen Beruf aufgeben muss. Seither ist der Alltag ein behördlicher Hürdenlauf, der mir die letzte Kraft raubt und mich in eine psychiatrische Rehaklinik zwingt, um die Ereignisse aufzuarbeiten. Doch der Weg durch das Trauma-Labyrinth geht schonungslos weiter.

Liane Schiffer

Trauma-Labyrinth

Schritt für Schritt zum Notausgang

Mehr als eine Autobiografie

Bibliografische Information der Deutschen Nationalbibliothek: Die Deutsche Nationalbibliothek verzeichnet diese Publikation in der Deutschen Nationalbibliografie; detaillierte bibliografische Daten sind im Internet über http://dnb.dnb.de abrufbar.

Lektorat: Chr. Schüppler, buero@sprachfuchserei.de

Titelbild: Francesco Paggiaro/Pexels

Verlag: BoD · Books on Demand GmbH, Überseering 33, 22297 Hamburg, bod@bod.de

Druck: Libri Plureos GmbH, Friedensallee 273, 22763 Hamburg

ISBN: 978-3-8192-4611-1

Sich in den Tiefen eines Labyrinths »dank« einer Aneinanderreihung traumatischer, verstrickter Erlebnisse zu verirren, ist eine Sache.

Dennoch weiterzugehen, Neues zuzulassen, der inneren Stimme zu vertrauen und den Lebensstürmen zu trotzen, eine andere.

Für meine geliebte »HAPPY FAMILY«

PROLOG –
PANDEMIE CRASHT LEBEN

Fast fünf Jahrzehnte lang dachte ich, den völligen Überblick über mein Leben zu haben, Herrin über all meine Lebensstürme zu sein, die Vergangenheit, Gegenwart und auch die Zukunft betreffend.

Als die Coronapandemie plötzlich und unerwartet (und gnadenlos) mein Leben crashte, begann die Verirrung im Trauma-Labyrinth. Vermeintlich Abgeschlossenes erwachte plötzlich wieder und bohrte sich »dank« dem Wahnsinn der unmenschlichen Auflagen wie ein Parasit in meine Gedanken. Die Zeit zwischen 2020 und 2023 mit all den Zwängen, hervorgerufen durch die Pandemiemaßnahmen und ihren Folgen, belastete mich massiv. Sie stellte mich nicht nur vor besondere Herausforderungen, sondern führte zu einer drastischen Verschlechterung meines gesamten Gesundheitszustandes.

Nichts war mehr wie zuvor. Ich war plötzlich nicht mehr ich selbst.

Erbarmungslose Mächte begruben meine bis zu diesem Zeitpunkt stets vorhandene gute Resilienz und zogen mich in ihrer dunklen Vielschichtigkeit immer noch tiefer. Seitdem gerät mein Alltag zu einem behördlichen Hürdenlauf, der mir beinahe die letzte Kraft raubt und mir 2023 einen Aufenthalt in einer Klinik für psychiatrische Rehabilitation einbrachte. Aufarbeitung war an diesem Ort jedoch nicht möglich.

Ich versuche, mein Leben wieder freizuschaufeln. Stück für Stück.

Alles, was ich in meinem Buch festhalte, entspricht meiner Sichtweise auf meine persönlichsten Ereignisse, Erinnerungen, Erfahrungen und Lebensabschnitte.

Es ist meine individuelle Wahrnehmung und Wahrheit.

Nach wochenlangem Schlafmangel, mit Albträumen und einem starken inneren Konflikt komme ich Ende Sommer 2023 in der Rehaklinik an. Trauer, Wut und Ohnmacht vermischen sich. Mein Mann hat mich früh morgens in die Einrichtung gefahren. Um das erdrückende Gefühl durch die Trennung von ihm und meiner Happy Family nicht noch schlimmer zu machen, verabschiede ich ihn gleich nach unserer Ankunft. »Happy Family« ist der langjährige Name meiner engsten Familiengruppe, die aus meinem Mann, unseren zwei Töchtern und mir besteht.

Ganze sechs Wochen soll mein Aufenthalt dauern, sechs Wochen lang soll ich weg von meinen Lieblings-Herzensmenschen, die mich durchs Leben begleiten, mir das Wertvollste und Wichtigste auf dem Planeten Erde sind, weg von meinen geliebten Tieren, meiner gewohnten Umgebung, meinem Wasserbett, das mir zuverlässig den Rücken entlastet.

Mein behandelnder psychiatrischer Facharzt, den ich im Zuge meines Reha-Verfahrens zur Einschätzung meiner gesamten langwierigen und schwierigen Situation hinzuzog, stellte mit mir gemeinsam den Reha-Pflichtantrag. Gefordert wurde die mehrwöchige Reha mit dem Schwerpunkt psychische Gesundheit von der Pensionsversicherungsanstalt im Rahmen der Mitwirkungspflicht. Wer sich nicht fügt, dem wird mit Entzug des Rehageldes gedroht. Beim

Wort »Pflicht« und »Entzug«, kommen in mir sehr schlechte Erinnerungen und schreckliche Gefühle hoch. Waren nicht die vergangenen Jahre geprägt von gesetzeswidrigen, bürgerfeindlichen Coronamaßnahmen mit der Impfpflicht als Höhepunkt? Gab es nicht mehrere übergestülpte, irrsinnige Sperrungen mit Freiheitsentzug, was als Krönung in einen Lockdown für die Ungeimpften gipfelte? Letzterer diente zur Besänftigung der Geimpften und sollte wohl dazu beitragen, vielleicht noch den einen oder anderen Widerstand Ungeimpfter brechen zu können.

Unglaubliche, unmenschliche, unwürdige, aber dennoch real stattgefundene Vorgänge. In einem angeblich demokratischen Land, in dem sich einige Menschen gegen die Vorgänge wehrten und sich eine sehr dicke Haut zulegen mussten, andere wiederum ganz freiwillig mitmachten. Manche konkurrierten um den ersten Stich, wollten »sicher« sein, »frei« sein, in den Urlaub fahren oder fliegen können, nicht auf die Befriedigung ihrer kulinarischen Gelüste in Restaurants verzichten müssen. Einige andere hatten kaum eine Wahl und wurden durch den drohenden Verlust ihrer Existenz regelrecht in die Nadel getrieben.

Ein Teil wollte schlichtweg nur seine vermeintliche Ruhe haben und machte aus Bequemlichkeit mit, aus Gewohnheit, mitten in der großen Schafherde zu stehen und immer »mäh« zu schreien. Irgendwie sind alle ein wenig zu bedauern. Jene jedoch am allermeisten, die keinen anderen Ausweg sahen, als sich dem politischen Zwang zu fügen.

Neben meinem verpflichtenden sechswöchigen Aufenthalt in der Rehaklinik fordert die Pensionsversicherungsanstalt zudem eine ambulante Psychotherapie und regelmäßige

Medikamenteneinnahme. Auf einen Psychotherapieplatz in Wohnortnähe warte ich aufgrund von anhaltendem Therapeutenmangel bereits seit einem Jahr. Da der Bedarf an Therapieplätzen offensichtlich viel höher ist denn je, habe ich mein Anliegen auch an die zuständige Vorarlberger Gesundheitslandesrätin gerichtet und sie über meine sehr lange Wartezeit informiert.

Laut der Rückmeldung des Landes werden sechstausend Therapiestunden mehr zur Verfügung gestellt. Ich frage mich, wer diese Stunden in Zeiten von chronischem Therapeutenmangel denn übernehmen soll? Immerhin reagiert die Gesundheitsstelle und scheint zumindest annähernd zu bemerken, was sie mit ihrer fatalen Coronapolitik ausgelöst hat. Nun streut man wenigstens auf dem Papier ein paar Psychotherapiestunden drüber, im Wissen, dass die vorhandenen Therapeuten bereits völlig ausgelastet sind. Sehr, sehr vielen Menschen geht es psychisch so schlecht wie nie zuvor, sie benötigen dringend professionelle Hilfe und Unterstützung.

Warum kam es überhaupt so weit? Weshalb wurde nicht präventiv in die psychische Gesundheit von Menschen investiert? Meiner Meinung nach hörten die Politiker nicht auf die Prognosen von Fachexperten für menschliche Psyche. Der umfangreiche psychische Aspekt wurde einfach ausgeklammert! Der Schaden ist nun riesengroß und die Tatsache, dass sämtliche Politiker fahrlässig handelten, unverzeihlich.

Ein Wahnsinn, was die letzten Jahre passierte, wie viel unnötiges Leid durch all diese Vorgänge verursacht und zugefügt wurde. Eingeständnisse vonseiten politischer Amtsinhaber? Leider nicht!

Was das Thema Medikamente betrifft, so habe ich aufgrund zahlreicher Erkrankungen, besonders wegen meines chronischen Schlafdefizits, das eine oder andere widerwillig ausprobiert. Die Nebenwirkungen waren zu stark und ich musste sie der Reihe nach wieder absetzen. Übelkeit, Sodbrennen, Magenschmerzen, Darmblutungen, noch mehr Schlafprobleme, Albträume, Schwindel, Verwirrtheit, Kopfweh, Augenentzündungen, Hautjuckreiz, Haarausfall etc. waren das Resultat. Mein behandelnder Facharzt startete keine neuen Versuche mehr, sah schließlich ein, dass ich medikamentenuntauglich bin und diese Therapieform nicht für mich geeignet ist.

Ich hatte es irgendwann mehr als satt, mich wie ein Versuchskaninchen zu fühlen. Dass sich mein Zustand in den vergangenen Jahren dermaßen drastisch verschlechtert hat, führe ich am allermeisten auf die sadistischen politischen Vorgänge zurück. Die Verursacher sollten endlich Verantwortung für die zahlreichen Folgen übernehmen und die betroffenen Bürger ordentlich entschädigen. Genug Geld für den Kauf von sinnlosen Masken und Coronatests, für die Geninjektionen und die Entsorgung des ganzen umweltschädlichen Coronaabfalls hatte man ja schließlich auch!

Mit Medikamenten können die Pandemiegeschehnisse nicht einfach weggewischt und vergessen werden, zu tief hat sich all das, was geschehen ist, in der Seele verankert. Als Vegetarierin/Teilveganerin (keine Gelatine, nur mikrobielles Lab, kein Fisch …) habe ich mein ganzes Leben lang kaum einmal eine Tablette geschluckt, sämtliche Schmerzzustände ertragen oder versucht, sie natürlich zu lösen.

Meinen Schmerz stelle ich meistens hintan, oft beiße ich die Zähne zusammen, klammere eigene Wehwehchen aus und bin schon gar nicht wehleidig. Zu hören und zu sehen, wie viele Medikamente, insbesondere Psychopharmaka, manche Reha-Patienten auf ihren Listen haben und einnehmen, erschreckt mich. Es bestätigt das, was ich mir bereits lange denke. Viel zu schnell werden Patienten mit Tabletten abgefertigt, Symptome, jedoch längst nicht ihre Ursachen behandelt. Über die Maschine Mensch freut sich die Pharmaindustrie und bereichert sich immer noch mehr. Viele Ärzte wurden durch die verabreichten Coronaimpfungen zu Handlangern der Hersteller und ergatterten für jede Spritze auch ein paar Euro. Schrecklich, dass Gier über der Gesundheit des Patienten steht und sein Vertrauen ausgenutzt wird.

Der medizinische Blick ist leider nicht auf den Menschen und seine Ganzheitlichkeit gerichtet, es geht nicht darum, sich mit dem Individuum Mensch und seinen persönlichen Themen auseinanderzusetzen, sich gleichsam seinem Körper, seinem Geist und seiner Seele anzunehmen. Eine schnellere und äußerst gewinnbringende Variante ist das Verschreiben von Medikamenten. Doch viele Menschen bräuchten etwas völlig anderes als Tabletten, die sie betäuben und ruhigstellen. Besonders nach den Pandemiejahren, die aufgrund des desaströsen Managements krank gemacht haben! Jeder Patient sollte vor einer überstürzten regelmäßigen Medikamenteneinnahme einen seriösen, nicht der Pharmaindustrie verfallenen Mediziner zurate ziehen. Diese sind jedoch rar.

Die Politik hat es den ganzheitlich denkenden, nicht nach Schema X praktizierenden Medizinern während der

Zeit der Pandemie unheimlich schwer gemacht. Sie blieben nicht nur ungehört, sondern wurden auch diffamiert, ihre Expertisen hinterfragt, teilweise aberkannt, ähnlich wie viele andere »Schwurbler« behandelt. Jedem Mediziner, der trotz dieser Angriffe dem »Nürnberger Kodex« treu geblieben ist und die medizinethischen Grundsätze verteidigt hat, gebührt großes Lob und respektvoller Dank!

Unser Gesundheitssystem ist bei genauerer Betrachtung leider ein Krankheitssystem, in dem Menschen möglichst lange krank gehalten oder sogar krank gemacht werden. Denn nur so ist Gewinn und damit finanzielle Bereicherung möglich. Gesunde Menschen bringen kein Geld. Wer sich ein wenig mit der Pharmaindustrie und deren Machenschaften auseinandersetzt, der wird diesem Thema zunehmend skeptisch gegenüberstehen. So auch ich nach all den Jahren des inszenierten, traumatisierenden Pandemiewahnsinns. Geldflüsse und Korruption ohne Ende. Verantwortungslos mit der Gesundheit von Menschen umzugehen ist anscheinend Trend geworden. Ebenso, dass fahrlässige Handlungen am Menschen keine Folgen haben und den Schuldigen (noch) keine Prozesse gemacht werden.

Durch all diese Vorgänge, die an der Pandemie mitwirkenden Ärzte und die gesamten Ärztekammern ist es kein Wunder, dass viele Menschen kein Vertrauen mehr haben, sich immer mehr umorientieren und Methoden der Alternativmedizin wählen. Dies ist zu begrüßen. Leider kleben die meisten politischen Verantwortlichen für diese befremdliche »Zeit des Irrsinns« immer noch an ihren Sesseln fest. Und ein kleiner Teil der ehemaligen Parlamentarier, der sich aus dem Staub gemacht hat, nagt im neuen Arbeitsbereich bestimmt nicht am Hungertuch. Ein Funken

Hoffnung keimt in mir: »Es gibt für alles ein Ablaufdatum!« Dass bei den Corona-Tätern bald einmal Handschellen klicken, hoffe ich wirklich sehr. Vermutlich gibt es für die Vielzahl an Involvierten gar nicht genügend Arrestzellen.

Zu der Zeit der politisch und medial absolut irreführenden, völlig übertriebenen Corona-Hochsaison war ich als städtische Angestellte in einem Kindergarten als gruppenleitende Pädagogin tätig. Insgesamt habe ich über drei Jahrzehnte mit Kindern gearbeitet. Ganz früh als Babysitterin, Jungscharleiterin, pädagogische Betreuerin und Leiterin in Ferienheimen, ehrenamtlich in verschiedenen pfarrlichen Kinderbereichen, als Tagesmutter, anschließend neun Jahre lang als Spielgruppenleiterin mit Integration, seit 2009 als Gemeindekindergartenangestellte, als Assistentin, Pädagogin und Sprachförderin. Mit vollem Herzblut und Engagement, mit viel Liebe und Geduld übte ich meinen Beruf über diesen langen Zeitraum aus. Er war nicht einfach nur ein Job, sondern stets meine tiefe Berufung. Am allermeisten erfüllt es mich jedoch, dass ich meine zwei eigenen Töchter gebären durfte und ich sie auf ihrem Lebensweg als Mutter begleiten darf. Auch wenn sie inzwischen längst erwachsen sind, bleiben sie meine Kinder, für die ich immer da sein möchte.

Kinderseelen liegen mir sehr am Herzen. Deren Einzigartigkeit, Zartheit und Zerbrechlichkeit ist besonders zu behüten und zu bewahren. Was diesen zu beschützenden Geschöpfen die letzten Jahre angetan wurde, hat mich neben meinem bereits vorhandenen Ballast völlig unvorbereitet aus der Bahn geworfen und zutiefst schockiert. Es sitzt tief in meinen Knochen fest.

Dass dieses System all die Maßnahmen (insbesondere die Einschränkungen für Kinder, Jugendliche und alte Menschen), diktiert von Bund, Land und Gemeinden, vom Großteil des Personals und ihren Vorgesetzten in diversen Bildungs-, Gesundheits- und Sozialeinrichtungen mitgetragen und es somit auch irgendwie mitverschuldet hat, ist für mich immer noch unfassbar. Es hat sich in dieser Zeit klar und deutlich herauskristallisiert, wer mitten in der blökenden Schafherde steht und wer nicht. Erschreckend viele Mitarbeiter sind leider Teil davon. Sie wollen keine Auseinandersetzungen mit Vorgesetzten und ihren Arbeitgebern und auf keinen Fall einen Rausschmiss riskieren. Sie bleiben lieber still und »systemhörig«!

Da mich die gesamten Vorgänge dieser Jahre sehr belasten, auch wütend machen, und mein dauerhaft schlechter Zustand insbesondere den absurden politischen Geschehnissen, dem »Lügen und Betrügen« namentlich bekannter Amtsinhaber und Medien sowie sogenannter Experten, sogar dem Verfassungsgerichtshof geschuldet ist, habe ich meine Meinung, meine Sichtweise als unzufriedene Bürgerin mit zahlreichen E-Mails kundgetan. Von den Systemmedien kamen so gut wie keine Rückmeldungen, geschweige denn, dass meine Leserbriefe gedruckt bzw. veröffentlicht wurden. Irgendwie musste ich meinen Dampf ablassen, mitteilen, was ich von dem Irrsinn, den unsinnigen, krank machenden Zwangsmaßnahmen, der gesamten desaströsen Coronapolitik halte. Meine intuitive Stimme war stets mein Kompass und bestärkte meine Standhaftigkeit in dieser stürmischen Zeit. Oft machte mich die Situation unheimlich ratlos und zutiefst traurig! Das friedliche Land, in dem auch ich geboren und aufgewachsen bin, spaltet sich fortan, wird immer mehr verunstaltet. Gesetze und sogar die Verfassung werden mit Füßen getreten und man spielt mit den Grundrechten der Bürger. Allen voran der derzeit immer noch amtierende Bundespräsident, der während des harten Lockdowns bei der ORF-»Licht ins Dunkel«-Gala mit sämtlichen Politpromis zu »Live is Life« getanzt hat. Wie überheblich man nur sein kann! Selbst zu feiern, auszugehen, während Bürger mit Lockdowns, Impf-, Masken-, Test-, Quarantänepflicht und 1-, 2-, 3-…G-Regelungen drangsaliert werden, ist eines Präsidenten wahrlich nicht würdig! Vielmehr ist es bürgerverhöhnend und lässt die Gemüter all jener Menschen, die man grundlos zum Hausarrest verdonnert hat, hochkochen.

Die Tatsache, dass die mitmenschliche Entfremdung auf Hochbetrieb lief, bescherte mir viel Nachdenklichkeit. Ich grübelte und grübelte nächtelang und erkannte, dass nichts mehr war wie zuvor.

Laut Behörde sollte ich möglichst bald wieder berufs- und einsatzfähig werden, egal ob gesund oder krank. Hauptsache, ich bin schleunigst wieder irgendwie fit für den Arbeitsmarkt. Leider sind es jedoch genau die Vorgänge und Systeme jener Einrichtungen, die dazu beitragen, dass es mir durch das ganze mehrjährige Prozedere noch schlechter geht. Trotz chronisch absteigender körperlicher und psychischer Verfassung seit dem Maßnahmenzwang und mehreren operativen Eingriffen möchte man mich in die Arbeit drängen. Ohne mich, meine tiefen alten und neuen Verletzungen, mein Trauma-Labyrinth zu kennen. Der von den Behörden gemachte Druck ist enorm groß! Mein Antrag bei der PVA und das ursprünglich angestrebte

Ziel war eine Leistung auf Rehabilitation. Während meines Verfahrens, welches auch Ende 2024 immer noch andauert, wurde ich regelrecht »zerstückelt«. Jene, die mich überhaupt nicht kennen, aber zu wissen glauben, was mir guttut, haben dazu beigetragen, dass ich zusätzlich zum gesamten Coronawahnsinn noch kränker wurde.

Bei den meisten Rehageld-/Berufsunfähigkeit-Klageverfahren geht es nicht um den Menschen selbst, nicht um wahre Genesung, nicht um Individualität, sondern beinhart nur um Geld. Der Ball wird zwischen Ämtern und Behörden hin und her geworfen. Aufreibende, negative Erfahrungen mit der Pensionsversicherungsanstalt, dem Gericht, der Versicherungsanstalt öffentlich Bediensteter und verschiedensten Gutachtern mitten in meinem gesundheitlichen Desaster machen zu müssen ist nicht gerade hilfreich für die Verbesserung meines Zustandes und schon gar nicht heilsam. Es raubt mir immer noch mehr Kraft, macht mich kränker, als ich bereits bin.

Meine Wahrnehmung und persönlichen Erfahrungen decken sich mit sämtlichen Berichterstattungen von Menschen, die ebensolchen Verfahren ausgesetzt waren. Manche gehen an den Vorgehensweisen und Auflagen fast zugrunde. Plötzlich ist alles nur noch verworren und ein unglaublicher Abgrund tut sich auf. Der einst so klare Weg ist nicht mehr in Sicht, man befindet sich in einem Sog und ringt als einst im Leben angekommene Person plötzlich beinahe ums Überleben.

Als ich meinem behandelnden Facharzt meine Zweifel bezüglich meines bevorstehenden Reha-Aufenthaltes schilderte, meinte er, die Mitarbeiter würden mir bestimmt darüber hinweghelfen, ich solle und müsse es versuchen, da es von der Pensionsversicherungsanstalt im Rahmen der Mitwirkungspflicht gefordert werde. Mein Gefühl sagte mir von Anfang an, dass der Aufenthalt trotz meinem und dem Bemühen der Mitarbeiter nicht für mich geeignet ist. Ich lag richtig, denn es ging mir dadurch noch viel schlechter!

In den letzten Jahren habe ich mich immer mehr von Leuten, Menschengruppen, Bekannten und auch Freunden entfernt. In größeren Gesellschaften fühle ich mich nicht mehr wohl und bin völlig deplatziert. Zu erkennen, dass erschreckend viele, auch nahestehende Menschen Teil des »Pandemie-Herdengeschehens« sind, macht mich traurig und sprachlos, aber rüttelt gleichzeitig auch wach.

Dem Reha-Betrieb nun mit zahlreichen Gruppentherapien sechs Wochen lang ausgesetzt zu sein kann ich mir nicht vorstellen. Der Gedanke daran schnürt mir fast die Kehle zu. Außerhalb der Herde zu stehen, standhaft zu bleiben, bietet Angriffsfläche und erzeugt Verletzlichkeit. Es bedeutet, sich auf offenem Feld wappnen zu müssen, damit man im Kampf mit dem zahlenmäßig überlegenen Gegenüber, dem vermeintlich Stärkeren, durchhält, nicht überrannt und nicht zertrampelt wird.

In den vergangenen Jahren empfand ich besonders all die Gänge zu Gutachtern als regelrechten Albtraum. Die vielen Arzttermine und Untersuchungen, meine Operationen von Kopf bis Fuß und die darauffolgenden Therapien waren sehr zeitintensiv und hätten mehr als gereicht! Unzählige Versuche, meine Gesundheit zu verbessern und die Schmerzen in den Griff zu bekommen, scheiterten. Zusätzlich die Art und Weise des Über-mich-Drüberfahrens zu erleben zerreißt mich fast. Jeglicher Zwang und Druck irritiert und blockiert mich völlig, auf Starre folgt Wut, dann neuer Kampfgeist. Derzeit bleibt mir aufgrund dieser verheerenden Mitwirkungspflicht leider keine andere Wahl. Dass Menschen, die aus gesundheitlichen Gründen in diesen Verfahren landen, öfters das Gefühl vermittelt wird, ein Simulant zu sein, zermürbt noch mehr.

Jemand, der diesen Weg geht, ihn von A bis Z durchwandert, macht das wahrhaft nicht, um irgendetwas vorzutäuschen. Dafür ist diese Zeit viel zu anstrengend und aufreibend. Körperlich, geistig und seelisch zugleich. Ganz abgesehen von den finanziellen Abstrichen, die man irgendwann gerne in Kauf nimmt, bevor man ganz zugrunde geht.

Wer die vielen Hürden nicht selbst überwinden musste, wer die Systemzusammenhänge und Taktiken nicht selbst erlebt hat, sollte nicht verurteilen und keine voreiligen Schlüsse über andere Menschen ziehen. Manche Äußerungen von Bekannten und Freunden haben mich neben dem bereits vorhandenen Bruch, der den eingefahrenen Pandemiemeinungen geschuldet war, immer mehr zum freundschaftlichen Rückzug bewogen. Mich ständig erklären zu müssen empfand ich nicht nur als unangenehm, sondern auch als sehr kränkend. Besonders von langjährig vertrauten Menschen, die ich als Freunde verstanden habe, hätte ich eine andere Haltung und mehr Verständnis erwartet.

Es entstanden tiefe Brüche, die dauerhaft blieben.

Das Leben zeigte mir durch die Entfremdung, durch unterschiedliche Richtungen und Haltungen in der Pandemiezeit, insbesondere durch die Abwertung meiner Person während meiner langen Krankheitsdauer, dass Veränderung notwendig ist.

Zeit, um die wahren Gesichter anderer zu erkennen und mein eigenes zu zeigen, ungeschminkt. Zeit, neue Wege zu gehen!

Ich machte während meines Prozesses die schmerzliche Erfahrung, dass es einige Menschen gibt, die mich nur auf meine berufliche Leistung und Arbeitsfähigkeit reduzieren. Die Pandemiejahre, die politischen Geschehnisse, die ich privat wie an meiner letzten Arbeitsstelle im Kindergarten zahlreich zu spüren bekam, haben in Kombination mit dem ganzen Reha-Prozedere tiefe Spuren und unüberwindbare Gräben hinterlassen. Ein weiteres Trauma wurde ausgelöst und mein Gesamtzustand verschlechterte sich immer mehr. Ich versank beinahe im Strudel meines Trauma-Labyrinths.

Dennoch gehe ich meinen eigenen Weg weiter, stelle mich den Hindernissen, trotze dem verworrenen Dickicht, krieche, wenn nötig, die steilen und äußerst mühevollen Strecken entlang. Niemals werde ich der vom Massenwahn gesteuerten Schafherde folgen, nur um es mir leicht zu machen, nur um andere für mich denken zu lassen. Ich biete den dunklen Mächten die Stirn.

***

Die Mitarbeiter an der Rezeption scheinen nett zu sein. Was ich weniger nett finde, ist, dass ich gleich nach meiner Ankunft ein Armband mit meinem Namen, meinem Geburtsdatum, meiner Versicherungsnummer, meinem Aufnahmedatum und meiner Zimmernummer an mein Handgelenk bekomme. Ich bin völlig perplex, äußere meinen

Unmut, mich nicht mit einer Fessel kennzeichnen lassen zu wollen. Das geht gar nicht, denn schließlich bin ich ja kein Häftling und auch keine All-inclusive-Urlauberin. Ich bin lediglich Patientin in einer Rehaklinik. Wie es sich anfühlt, eingesperrt, diskriminiert, als Mensch zweiter Klasse behandelt zu werden, das habe ich in der Pandemiezeit als Ungeimpfte hautnah erfahren. Dafür können die Reha-Mitarbeiter natürlich nichts, aber dennoch ist es einer meiner sehr wunden Punkte. Im Zimmer entferne ich das Armband und stecke es in meine Handytasche. Es so bei mir zu haben, das sollte genügen. Ich beobachte im Laufe der nächsten Tage bei anderen Patienten, dass sie es auch so machen.

Nach der Anmeldung an der Rezeption erfolgt eine Aufnahme durch eine Assistentin, dann ein weiteres Gespräch bei einer Krankenschwester auf meiner Station für psychische Rehabilitation. Am späteren Nachmittag erhalte ich einen Anruf von einem psychiatrischen Facharzt, der mir mitteilt, dass er nun Zeit für mich hat. Ich soll bitte meine Unterlagen inklusive meiner relevanten Befunde mitbringen. Habe ich richtig gehört? Zahlreiche Befunde, Arztbriefe, Unterlagen habe ich der Rehaklinik doch schon Wochen zuvor gesendet. Der Arzt meint, das habe nichts zu bedeuten, sicher sei sicher. Darüber kann ich mich nur wundern, denn in Sachen Unterlagen, Vorbereitung, korrektes Arbeiten war und bin ich stets sehr genau. Ich kann nicht verstehen, dass andere es mir nicht gleichtun.

Fünf Minuten später betrete ich das Arztzimmer. Der Facharzt ist zwar bemüht, aber leider nicht besonders gut vorbereitet. Er klebt am Computer, was mich ziemlich stört, denn das habe ich bei Begutachtungen in den letzten

Jahren oft erlebt. Ich komme mir vor wie ein Gegenstand, der routinemäßig abgehandelt wird, wie eine Nummer und nicht wie ein Mensch, den man wirklich ernst nimmt, der gerade wichtig ist, dem man sich zuwendet, auf den man vorbereitet ist, der einen individuellen und nicht einen Gruppentherapieplan benötigt. System ist eben System, ein Über-den-Kamm-Scheren.

Mein Mann und ich haben diese Abläufe bereits während zwei früherer gemeinsamer Kuraufenthalte erfahren. Es ist einerseits begrüßenswert, dass Kur- und Reha-Aufenthalte ermöglicht werden. Es ist andererseits nicht gut, dass Vieles Mogelpackung ist, dass fast nur Gruppentherapien stattfinden und individuelle Bedürfnisse auf der Strecke bleiben. In einem Kurzentrum bekam ich einmal Rückenmassage als Therapie verordnet. Diese dauerte zwölf Minuten. Nachdem der Masseur den Rücken linksseitig behandelt hatte, hörte er einfach auf. Ich fragte ihn nach meiner rechten Rückenhälfte. Er meinte, die Zeit sei um. Dass Einsparungen und Mitarbeitermangel in Gesundheitszentren, sozialen Einrichtungen, im Bildungs- und Betreuungsbereich ein Dauerzustand sind, ist für mich nicht neu. Besonders der Mitarbeitermangel hat sich während der Pandemie immens zugespitzt!

An meinem Ankunftstag berichte ich bei insgesamt vier Aufnahmegesprächen in etwa viermal das Gleiche. Mein Kopf dröhnt inzwischen ordentlich. Bei der ebenso an diesem Tag stattfindenden kleinen Hausführung klinkt sich eine andere Patientin aus. Ihr ist es allmählich zu viel und sie ist bereits am Ankunftstag mit dem Ablauf überfordert. Dafür habe ich volles Verständnis. Meinen Speiseplan wähle ich der Einfachheit halber vegan, ich möchte das

Küchenpersonal nicht verwirren. Es wäre zu kompliziert, ihnen aufzulisten, dass ich Käse esse, aber nur mit mikrobiellem Lab, Eier nur in hart gekochter Form, wenn überhaupt, absolut keine Süßspeisen, keine Fleischsoßen, nichts, das in Fleischnähe lag, keine Gelatine, Fisch natürlich auch nicht.

Ich erfahre, dass es Wochenendausgang gibt. In den sechs Wochen darf man angeblich drei Wochenenden nach Hause fahren. Hurra, das ist die schönste Nachricht des Tages und macht mir den Start zumindest etwas leichter. Die lange Trennung von meinen Lieblingsmenschen und Lieblingstieren beinhaltet Lichtblicke. Mein Mann und ich sind seit dreißig Jahren verheiratet und wir waren noch nie länger als ein paar Tage voneinander getrennt.

Die behördlichen Vorgänge lassen mich erstarren. Die Forderungen der Pensionsversicherungsanstalt im Rahmen der Mitwirkungspflicht empfinde ich als hart und unmenschlich. Es mangelt an individueller Fallbetrachtung, allgemeine Fragenkataloge werden schnellstmöglich abgearbeitet, Antragsteller abgewertet und schubladisiert, jahrelange Krankheitsverläufe nicht registriert und eigene Bedürfnisse, die der Genesung dienlich wären, nicht berücksichtigt.

Meinen Mitpatienten gegenüber bleibe ich eher distanziert. Dies ist nicht der richtige Ort und auch nicht der richtige Zeitpunkt, um mich anderen mitzuteilen, zu öffnen. Ich möchte ihnen ihren Aufenthalt auch nicht mit meinen Kenntnissen über das bestehende Gesundheitssystem und die politischen Abläufe vermiesen. Ferner versuche ich, mich zurückzuhalten, was meine zahlreichen persönlichen Erfahrungen und meine Einstellung zu all den Vorgängen der letzten Jahre betrifft. Das Thema Pandemie hat hier leider keinen Platz. Ich sehe ebenfalls davon ab, meine schlechten Erlebnisse mit all den farbgesteuerten Behörden, Ämtern, Arbeitgebern, Gewerkschaften, Institutionen und dem gesamten politischen Establishment, dessen Sinn alles andere als die Gesundheit der Menschen ist, zu schildern. Für solche Themen scheinen die Gruppentherapien nicht geeignet. Irgendwann kommt vielleicht jeder selbst darauf, nimmt die Zusammenhänge wahr und lernt, zwischen den Zeilen zu lesen.

Es schleicht sich bei mir das Gefühl ein, dass so mancher Klinikpatient ebenso ein Opfer der letzten Jahre ist und sich durch die Maßnahmen dieser Zeit sämtliche gesundheitlichen Zustände, ähnlich wie bei mir, verschlechtert haben.

Inzwischen habe ich meinen Koffer ausgepackt. Das war eine schnelle Sache, da ich eine spärliche Reisekofferpackerin bin. Aus früheren Campingurlauben weiß ich, dass man Kleidung ganz gut selbst auswaschen und auch mit wenig zurechtkommen kann, ganz nach dem Motto: »Weniger ist mehr.« Unnütze Dinge, zu viel Materielles sowie Krimskrams lenken nur vom Wesentlichen ab, rauben die Sicht auf die tiefgründigen Bedürfnisse des Seins. Was ist schon notwendig? Diese Frage sieht in unterschiedlichen Gebieten der Welt völlig anders aus. Manchmal wünsche ich mir, für einige Zeit reich mit arm geografisch tauschen zu können.

Niemand, kein einziges Lebewesen hat sich seinen irdischen Platz selbst ausgesucht. Immer wieder erschreckt und schockiert es mich, rüttelt es mich regelrecht wach, wenn Menschen der Meinung sind, dass sie ein Grundrecht auf ihren Wohlstand, auf ihren Besitz, auf ihren Reichtum und auf das Land haben, in dem sie leben. In unserer großen Menschheitsfamilie sollten alle gleich sein, Macht und Gier schwächt uns und unser Zusammenleben.

Mein Zimmer ist sehr schön, besonders die Aussicht in die Natur. Ich genieße es in den kommenden Tagen zu jeder Tages- und Nachtzeit, die beruhigende, idyllische Landschaft von meinem Balkon aus zu betrachten.

Das Publikum im Speisesaal erinnert mich anfänglich an ein Pflegeheim. Da mein Mann mehrere Jahrzehnte in einem Pflegeheim arbeitete und ich früher selbst einmal ein Pflegeheimpraktikum absolvierte, kenne ich die Atmosphäre wirklich gut. Die Mahlzeiten finden hier in zwei Essensgruppen statt und ich bin immer in die zweite eingeteilt. In Rekordzeit sind alle Tische abgeräumt und auch fast alle Patienten weg. An meinem Tisch sitzt ein nettes Ehepaar. Die Patientin ist aufgrund eines Sturzes zur Reha und ihr pensionierter Ehemann begleitet sie. Wir finden einige Themen, die uns ähnlich bewegen, und unterhalten uns angeregt über Vergangenes und Aktuelles. Der ehemalige Arzt steht den Vorgängen der Pandemiezeit sehr kritisch gegenüber. Genauer gesagt, er äußert in unseren folgenden Gesprächen sogar mehrfach, den Politikern nicht mehr zu glauben. Sein Vertrauen in sie ist gänzlich zerstört. Es gefällt mir, Gleichgesinnte an meinem Tisch zu haben.

Meine erste Nacht ist sehr unruhig und ich werde von hämmernden Kopfschmerzen, stechenden Ohrenschmerzen, Hüft-, Fuß- und Rückenschmerzen geplagt. Zudem fühlt sich mein Bauch stark gebläht an und meine Unterleibs-krämpfe sind sehr unangenehm. Die letzten Jahre haben sich neben vielerlei Symptomen auch negativ auf meine Wechseljahresbeschwerden ausgewirkt. Stress, besonders über einen langen Zeitraum, ist bekanntlich schädlich, fördert Genesung und Heilung keineswegs und sollte vermieden werden. Obwohl ich mir dessen bewusst bin, war es die letzten Jahre leider unmöglich, ihn fernzuhalten. Das Zusammenspiel von Psyche und Körper zeigt sich zahlreich in vielen Facetten. Besonders dann, wenn nichts mehr richtig funktioniert.

Der Tag nach meiner Ankunft ist mein erster Therapietag und mir stehen sieben Therapien bevor. Wie soll ich das nach dieser Nacht und mit all meinen Schmerzen, die den gesamten Organismus betreffen, nur schaffen? In der Gruppentherapie dramatische Geschichten und unschöne Erlebnisse anderer Patienten zu hören, das ertrage ich heute gar nicht. Neben meinen zahlreichen Beschwerden verstärken sich dadurch zudem mein Schwindel und mein Tinnitus. Da mein rechtes Ohr mit Flüssigkeit gefüllt und wieder so gut wie taub ist, kann ich den Gesprächen nur sehr schwer folgen. Was hat man sich bei der Therapieplaneinteilung denn nur gedacht? Neue Patienten gleich in Gruppentherapien mit über zehn fremden Leuten zu setzen, anstatt auf ihre individuellen Bedürfnisse und die persönlichen Beschwerden einzugehen? Wäre es nicht effektiver, einen maßgeschneiderten Plan gemeinsam mit den Patienten zu erstellen?

Das »Sparsystem«, dem auch die Rehaklinik Folge leisten muss, macht sich gnadenlos bemerkbar. Ansonsten gäbe es ein Therapiekonzept für und mit den Patienten, nicht über sie, vor allem jedoch viel mehr Einzeltherapien. Einengende Gruppentherapien wirken sich äußerst negativ auf mein Wohlbefinden aus. Nach einem dreijährigen pandemiebedingten und politisch erzwungenen Rückzug in die eigenen vier Wände kann ich bei diesem Konzept nicht mithalten. Nach all den diffamierenden Ereignissen, besonders dem Lockdown für Ungeimpfte, und mit meiner angestauten Wut ist es mir nicht möglich, mich mit meinem »Wirrwarr« und meinem miesen Gemütszustand auf die Gruppentherapie einzulassen. Schon gar nicht zu Beginn der Reha am ersten Therapietag.

Zufällig begegne ich im Gang dem diensthabenden Arzt und schildere ihm meinen Schmerzzustand, meinen Brummschädel und mein chronisches seit acht Jahren bestehendes Ohrleiden. Überraschenderweise nimmt er sich meiner gleich an, liest meine Befunde, insbesondere auch meinen letzten vom HNO-Facharzt. In meinem Ohr ist ständig Flüssigkeit, es zieht, knirscht, sticht und schmerzt. Manchmal höre ich rechtsseitig weniger. Es fühlt sich oft auch sehr dumpf an. Zwei bereits durchgeführte Paukendrainagen waren erfolglos. Das zweite Röhrchen war ein Dauerpaukenröhrchen und wurde erst vor ein paar Tagen entfernt. Es blieb nicht, wie gehofft, ein Jahr lang an seinem Platz, sondern rutschte bereits nach wenigen Monaten in den Gehörgang. Eine weitere HNO-Operation mit einer anderen Methode ist angedacht. Da in Vorarlbergs Spitälern solche Operationen nicht durchgeführt werden, muss ich in die Klinik nach Innsbruck. Menschenmengen, jegliche Art von Lärm, Durcheinanderreden, Räume mit einem gewissen Geräuschpegel ertrage ich kaum mehr. Bei längeren Gesprächen leidet auch meine Konzentration und ich ermüde schnell.

Der Reha-Arzt befreit mich für diesen Tag von den Therapien, verordnet mir Schmerzmedikamente, rät mir, mich hinzulegen und auszuruhen. Sehr nett von ihm, dass er mein Anliegen ernst nimmt. So habe ich mir meinen Reha-Start nicht vorgestellt. Auch mein Magen gerät immer mehr außer Kontrolle und rebelliert ordentlich. Dermaßen intensive Magenschmerzen hatte ich zuletzt auf der Beerdigung meines Bruders. Und die waren wirklich heftig, fast unerträglich. Übel ist mir noch dazu.

Trotz meines Zustandes raffe ich mich am Nachmittag auf, um meinen Einzeltherapietermin bei der mir zugeteilten Psychotherapeutin wahrzunehmen. Einzeltermine sind eine Reha-Rarität, unter meinen wöchentlich fünfzehn geplanten Therapien gibt es nur eine Einzeltherapie. Die Therapeutin ist empathisch, hat für meine Situation sehr viel Verständnis. Ich berichte ihr von den behördlichen Vorgehensweisen, von der durch die Pensionsversicherungsanstalt auferlegten desaströsen Mitwirkungspflicht und von der gesamten Horrorzeit, die ich seit Jahren, besonders seit den Pandemiejahren, mit sämtlichen Behörden und Ämtern erlebe. Es ist völlig unmöglich, neben all den Terminen, meinen ständigen Gängen, den endlosen Telefonaten und dem ganzen Papierkram irgendwie auch nur ein wenig zu genesen. Ich befinde mich in einem verwucherten und immer noch düsterer werdenden Irrgarten.

Bis kurz vor Reha-Antritt war ich Vermittlerin zwischen meiner Krankenversicherungsanstalt und der Pensionsversicherungsanstalt. Leider schafften es diese Stellen nicht, zeitnah miteinander zu kommunizieren, was wiederum auf mich als Patientin zurückfiel. Obwohl mir das Rehageld bereits vor über zwei Monaten zugesprochen wurde, war wenige Tage vor meinem Reha-Start noch nichts auf dem Konto eingegangen. Man berechnete bei mir auch fälschlicherweise den höchsten Reha-Kliniktagsatz. Und dies, obwohl ich aufgrund des Rehageldes, welches bei Weitem nicht dem Gehalt der vergangenen Jahre entspricht, den niedrigsten zu zahlen habe. Den behördlichen Dingen immer selbst nachgehen zu müssen und sie richtigzustellen kostet enorm viel Energie. Insgesamt ist meiner Meinung nach beim institutionellen Management noch ganz viel Luft nach oben! Für diese ganzen »Nebensächlichkeiten«, die man selbst zu bewältigen hat, braucht man anhaltende Ausdauer und großes Durchhaltevermögen. Die Abläufe sind leider alles andere als korrekt und machen manchmal auch sehr wütend!

In meinem Berufsleben verrichtete ich meine Arbeit stets zur absoluten Zufriedenheit aller, war zuverlässig, pünktlich und fleißig. Etwas aufzuschieben oder gar liegen zu lassen gab es bei mir nicht. Dass Arbeitgeber, Ämter und Behörden ebenso ordentlich arbeiten, ist doch nicht zu viel verlangt.

Das ganze Drumherum macht mich fast wahnsinnig. Die Auflistung all meiner Termine, welche ich die letzten Jahre im Sinne einer gesundheitlichen Verbesserung wahrgenommen habe, ist sehr umfangreich. Was mich zudem aus dem Gleichgewicht bringt, auch traurig stimmt, ist das Unverständnis und die Kritik aus dem eigenen Freundes- und Großfamilienkreis. Kränkende Bemerkungen zu machen scheint einfach zu sein, sich mit meiner Situation und

Krankengeschichte wirklich auseinanderzusetzen ist es offensichtlich nicht. Anstatt mich ständig erklären zu müssen, gehe ich lieber auf Distanz. Die Gemeinsamkeiten schwinden und somit auch das Interesse, einander Zeit zu schenken. Jeder geht individuelle Wege, verbringt seine Lebenszeit im Rahmen seiner eigenen Möglichkeiten und Fähigkeiten, so wie es ihm guttut und es richtig erscheint.

Die Coronajahre trennten.

Ich erzähle der Psychologin, dass ich seit April 2021 durchgehend arbeitsunfähig bin. Aufgrund meines anhaltend schlechten Zustandes stellte ich Ende 2021 einen Antrag auf Berufsunfähigkeit. Dieser wurde von der PVA (Pensionsversicherungsanstalt) umgehend abgelehnt.

An die absurde Begutachtung im Kompetenzzentrum der PVA denke ich nur sehr ungern zurück. Es wühlt mich erneut auf und mein gesamter Körper rebelliert. Nach einer kurzen Routineuntersuchung eines Allgemeinarztes und dem üblichen Fragenkatalog wurde im Begründungsschreiben nur wenig von dem, was ich über meine Schmerzen und Beschwerden erzählte, festgehalten. Der Arzt pickte lediglich eine Sache heraus und das war es dann. Somit blieb nur der gerichtliche Klageweg, der alles andere als einfach ist. Denn auch dort werden Gutachter beauftragt und das gesamte Verfahren erstreckt sich unter anderem aufgrund von Gutachtermangel und nicht vorhandenen Terminen über einen enorm langen Zeitraum. Manchmal muss man sogar trotz schlechter Gesundheit in ein anderes Bundesland fahren. So auch ich.

Am meisten ärgerte und kränkte mich das berufskundliche Gutachten. Über diese Begutachtung und die

Vorgehensweise des Gutachters, der in einem Elf-Minuten-Telefonat angeblich meine gesamte dreißig Jahre lange Arbeit erfassen konnte, bin ich immer noch unheimlich empört!

Meine Reha-Einzeltherapeutin hört meiner Berichterstattung aufmerksam zu und hat für meine miserable Befindlichkeit großes Verständnis. Sie findet den Druck, der mir behördlich gemacht wird, schrecklich. Indem sie mir sagt, dass ich die Reha eventuell vorzeitig beenden könne, verschafft sie mir etwas Beruhigung. Unter meinen Umständen sei es durchaus möglich, dass der Aufenthalt und meine Therapien kontraindiziert seien. Und das wollen sie und die anderen bemühten Mitarbeiter auf keinen Fall. Die Zeit in der Reha solle mir nicht schaden, sondern nutzen. Schön, dass wir einer Meinung sind. In mir löst sich ein Kloß und Erleichterung breitet sich aus. Ein verständnisvolles, wohlwollendes Gegenüber tut wahrlich gut.

Meine Tischnachbarn und ich unterhalten uns wieder über Corona. Da ihnen und mir die politischen Vorgänge während und nach der Pandemiezeit unter den Fingernägeln brennen, kommen wir immer wieder darauf zu sprechen. Beim Bürgerforum war das Thema: »Corona, kommt die Pandemie zurück?« Einer der geladenen Gäste war der Virologe Herr Nowotny. Wenn ich an seine Äußerungen zu Corona und an die Rückmeldungen auf meine Schreiben denke, dann stellen sich mir erneut alle Haare auf.

Ich erzähle den Tischnachbarn von meinen unzähligen E-Mails, welche ich unermüdlich an alle möglichen Stellen (Bundespräsident, Nationalrat, Parlamentsklubs, Hofburgbedienstete, Minister, Ministerien, Bundesrat, Kabinette, alle Ärztekammern, Impfärzte, Virologen, sogenannte Experten, Verfassungsgerichtshöfe, Anwälte, Volksanwälte, Bundeskanzler, Vizekanzler, Abgeordnete, Landeshauptleute, Landtage, Medienstellen, Geckos, Gremien, Gewerkschaften, Arbeiterkammern, Datenschutzbehörde (Beschwerde aufgrund der persönlichen Impfeinladung des Landes Vorarlberg), Bezirkshauptmannschaft, Bürgerservice, Kommunikationsstellen, Pressesprecher, kirchliche Institutionen …) landes- und bundesweit und auch an Stellen außerhalb Österreichs (Deutschland, Rom, EU-Parlament …) gesendet habe. Bei meinen Nachrichten an die Verantwortlichen und Mitbeteiligten des Coronawahns versuchte ich stets, mich im noch möglichen Rahmen meiner allmählich schwindenden Höflichkeit auszudrücken. Die zahlreichen Namen all jener »Mittäter«, die mich nicht nur fassungslos machten, sondern auch an meinem langwierigen Krankheitsverlauf beteiligt sind, dürfen wirklich niemals in Vergessenheit geraten! Sie alle aufzulisten würde in meinem Buch den Rahmen sprengen. Das haben inzwischen viele mir gleichgesinnte Menschen und zahlreiche wirklich hochkarätige, großartige Fachexperten in ihren Büchern getan. Darüber bin ich sehr, sehr froh.

Nie soll vergessen werden, welche Zustände in den letzten Jahren herrschten, wie mit gesunden Menschen umgegangen wurde, wie Verantwortliche die Bürger bewusst leiden ließen und sie schikanierten! Hoffentlich lernen unsere Nachkommen daraus und ziehen aus den Abläufen dieser schrecklichen Zeit lehrreiche Schlüsse.

Auch viele Stimmen aus der Schafherde meldeten sich zu Wort und verschriftlichten ihre Sichtweisen in Büchern. Jeder Mitbürger, ja, jeder Mitmensch soll selbst entscheiden, welche Lektüre qualitativ hochwertig und lesenswert ist.

Ein paar Gedanken und Zeilen richtete ich an kirchliche Würdenträger, deren Äußerungen mich zutiefst erschütterten und schockierten. Ihre Haltung und Wertigkeit der verstandenen Selbst- und Nächstenliebe: Gott solle Hirn regnen lassen, für Ungeimpfte brauche es kein Mitleid, die Impfung sei ein Akt der Nächstenliebe … Wäre ich nicht bereits vor langer Zeit aus diesem Verein, der mich nur noch entsetzt, ausgetreten, so hätten die letzten Jahre bestimmt ihren Teil dazu beigetragen. Denn so stelle ich mir christliche Nächstenliebe wahrlich nicht vor. Die zahlreichen Austritte »Erwachender« sprechen für sich.

Ich schrieb nicht nur jenen, die diesen zerstörerischen Coronawahnsinn durchführten und dieses Verbrechen an redlichen Bürgern unterstützten. Die ihre Positionen in qualvollen Machtspielen ausübten, ihre Sichtweisen zu einzig richtigen erklärten und das eigene Volk drangsalierten. Auch all jenen, die versuchten, die Grund- und Menschenrechte zu wahren und sie bedingungslos einzufordern bzw. wiederherzustellen, widmete ich immer wieder ein paar Zeilen. Darin bedankte ich mich für ihren unermüdlichen Einsatz, drückte meine wertschätzenden Gedanken und meinen Respekt für ihre wertvolle Arbeit aus.

Mögen die inzwischen Verstorbenen, die sich stets für ehrliche, transparente und fundierte Wissensvermittlung engagierten, beispielsweise der Biologe Clemens Arvay, der Pathologe Arne Burkhardt, der Diplomingenieur Steffen Löhnitz, in der Anderswelt tiefen Frieden erfahren.

Jene, die mit vielen abwertenden Begriffen (Schwurbler, Querdenker, Coronaleugner- und -gegner, Schwafler,

Verschwörungstheoretiker, Impffaschisten, Aluhutträger …) bezeichnet wurden, sind euch für eure wertvolle Arbeit unendlich dankbar. Euer Sinn für Wahrheit und Gerechtigkeit, nicht dem Massenwahn zu folgen und der Bestechlichkeit zu verfallen, war grandios.

Danke für euer Fachwissen, all eure Recherchen und euren stetigen Mut, dies öffentlich zu machen. Ihr wirkt weiter und seid in den guten Gedanken eurer Seelenverwandten.

Beim Thema Pandemie schießt meinem Tischnachbarn der Blutdruck in die Höhe. Er meint, in dieser Zeit sehr viel geschimpft und sich unheimlich aufgeregt zu haben, während ich nicht nur geschimpft, sondern auch gehandelt hätte. Seinem hohen Blutdruck nach ist in ihm auch immer noch viel Wut. Wut, die gesehen und befreit werden möchte, die eine ehrliche, gute Aufarbeitung verdient!

Für Wahrheit und Gerechtigkeit einzustehen kostet eine Menge Energie. Manchmal ist sie bei mir aufgebraucht. Mich dennoch für die gute Sache einzusetzen und zu kämpfen schafft auch Erleichterung und befreit. Die vergangenen Jahre haben so unendlich viel durcheinandergebracht, nicht reparierbar zerstört und letztendlich krank gemacht.

Es braucht unbedingt eine zeitnahe, seriöse Aufarbeitung sowie Konsequenzen mit strafrechtlichen Prozessen. Alles muss endlich ganz auf den Tisch, nicht mehr darunter. Entschuldigungen alleine, falls überhaupt von jemandem ausgesprochen, sind viel zu wenig. Die Floskel »Wir haben es damals nicht besser gewusst« kann und will ich nicht mehr hören. Sie entspricht nicht der Wahrheit!

Am wohlsten fühle ich mich in der Natur. Hier ist kein Druck und kein Zwang! Die morgendliche Qi-Gong-Einheit mit einer kleinen Gruppe tut gut. An der frischen Luft spüre ich mich, die Situation ist erträglicher im rhythmischen Sein und im Einklang mit mir selbst. Keine einengenden Räume, keine Menschenansammlungen, kein Lärm, keine Erwartungen. So manches rückt in die Ferne und ich kann am Morgen für einen kurzen Augenblick in eine andere Welt eintauchen. Eine Welt, wie ich sie mir wünsche: friedlich und liebevoll, strahlend, geladen mit positiver Energie. Eine weitere Therapieeinheit ist die neunzigminütige Bewegungsgruppe. Wir gehen in einen wunderschönen Wald. Obwohl ich die Laufstöcke mitnehme, spüre ich während des Gehens meine rechte Achillessehne und meine Hüftbeschwerden. Auch mein vor einigen Monaten operierter Hallux-Fuß verkrampft sich wieder eigensinnig. Je mehr ich mich bewege, umso intensiver werden die Schmerzen und Krämpfe.

In der Pause spaziere ich in die Kurapotheke und decke mich mit veganem Magnesium ein. Zudem kaufe ich Kalzium ohne Gelatine. Der Apotheker nimmt sich viel Zeit und ich bin mit seiner Beratung bezüglich der veganen Produkte sehr zufrieden.

Das absolute Therapiehighlight dieser Woche ist ein dreiminütiger Arztvortrag, um zu erfahren, was jeder Patient schon weiß. Die Rehaklinik besteht aus den vier Bereichen Neurologie, Orthopädie, Kardiologie und psychische Gesundheit. Im Innenbereich darf nicht geraucht werden. Fertig ist der Vortrag. Da macht sich wieder der Personalmangel, den sämtliche Therapeuten und andere Mitarbeiter mehrfach bestätigen, bemerkbar. Zudem gibt es ein paar

Krankenstände und es ist noch Urlaubszeit. Erholung gönne ich jedem einzelnen Mitarbeiter. Die meisten leisten wirklich tolle Arbeit und ich ziehe den Hut vor jenen, die trotz allem noch in der Rehaklinik arbeiten und das System aufrechterhalten.

In den ersten Tagen werden die neuen Patienten aufgefordert, ein paar Ankunftsfragebögen auszufüllen. Es geht wieder einmal um Statistik. Was damit anschließend gemacht wird, weiß leider keiner.

Die Power-Point-Vorträge zum Thema Gesundheitsförderung wiederholen sich. Patienten, die den Inhalt bereits kennen, verlassen den Raum.

Ein paar Einheiten Entspannungstherapie werden von einem Praktikanten abgehalten. Zweimal schafft er es aufgrund von Verspätung der Öffis nicht pünktlich zu seiner Praktikumsstelle. Wenn ich an meine vielen Arbeitsjahre denke, so kann ich guten Gewissens sagen, dass ich nicht ein einziges Mal zu spät war. Manche Dinge nehme ich sehr genau, besonders, wenn es um Pünktlichkeit und Verlässlichkeit geht.

In den Aufenthalts- und Wartebereichen liegt täglich auf allen Tischen die Zeitung VN (Vorarlberger Nachrichten). Muss das denn wirklich sein? Es gäbe doch so viel bessere Lektüre! Erinnerungen an deren einseitige, unseriöse Berichterstattung, besonders die Coronazeit betreffend, kommen in mir hoch. Am liebsten würde ich das Käseblatt von den Tischen entfernen.

Als ich die Unterlagen mit dem Reha-Freizeitprogramm durchschaue, traue ich meinen Augen nicht. Da steht doch tatsächlich, dass in manchen Freizeitbereichen wie z. B. in der Puzzleecke »FFP2-Maskenpflicht« besteht. Wer schreibt und aktualisiert denn hier dieses Programm? Solche Fehler müssen doch auffallen. Datum stimmt, Inhalt nicht. Reagiere nur ich so empfindlich darauf? Die Zeit des Corona-Maskenwahns ist im Sommer 2023 glücklicherweise vorbei. Die Nachwirkungen des Corona-Maßnahmenhorrors noch längst nicht!

Ich zeige dem Nachtmitarbeiter die Zeilen im Freizeitprogramm mit Verweis auf die Maskenpflicht. Mir stößt das echt unheimlich sauer auf. Er meint, dass er mein Anliegen gerne weiterleitet, aber eben nur der Nachtportier sei. Der arme Mitarbeiter kann wahrlich nichts dafür und das kommuniziere ich auch so.

Zwischen den Therapien und oft auch am Abend spaziere ich gerne an dem nur wenig Schritte von der Klinik entfernten Bach entlang. Das fließende Gewässer beruhigt mich, bringt etwas Klarheit in die verworrene Realität. Und immer wieder hoffe ich, dass Bewegung, tiefes Atmen in der Natur sowie der anschließende Kräutertee vor dem Zubettgehen mir besseren Schlaf bescheren. Dem ist seit meiner Ankunft leider nicht so.

Mein Weg führt mich zu einem netten, heimeligen Haus mit einem kleinen Teich. Die zwei süßen Ziegen Max und Moritz fressen laut dem Besitzer liebend gerne die Balkongeranien. Daran finden er und seine Frau keinen Gefallen, scheinen jedoch zu akzeptieren, dass ihre Tiere machen, was sie wollen, und fressen, was ihnen schmeckt. Der Ziegenhalter erzählt mir, dass er mit den Ziegen regelmäßig längere Strecken wandert. Sie begleiten ihn als treue Weggefährten auf Schritt und Tritt. Wie schön, dass die Hofbesitzer tierlieb sind und die Tiere so einen guten Platz haben.

In meinen Gedanken spielt sich einiges ab und ich bemühe mich um Orientierung, um Ordnung. Irgendwie erscheint mir die ganze Situation völlig absurd. Ich fühle mich wie in einem Theaterstück, theatralisch und unreal, bin Beobachterin und Hauptakteurin zugleich. Manchmal auch wie eine Marionette, deren Fäden von Personen in der Hand gehalten werden, denen ich nicht vertraue. Hoffentlich kommt bald der Tag, an dem ich meine Fäden wieder selbst lenken und leiten kann. Der Tag, an dem ich nicht mehr behördlich fremdbestimmt werde.

Der Tag, an dem ich wieder ich bin!

Laut früheren Erzählungen meiner Mutter und meiner Oma haben sie sich gefreut, dass ich, die Letztgeborene von vier Kindern, als Mädchen zur Welt kam. Meine drei Brüder waren nur wenige Jahre älter als ich.

Erste Erinnerungen an meine frühe Kindheit sind die heftigen Streitereien meiner Eltern. Als ich im Kindergartenalter war, wurden die Auseinandersetzungen immer intensiver und bedrohlicher. Mein biologischer Erzeuger kam spätabends oder nachts betrunken nach Hause und meine Mutter wollte ihn dann nicht in die Wohnung lassen. Sie sperrte ihn aus. Er wurde oft sehr laut und ungehalten. Unsere Familie schob meist mit vereinten Kräften einen Schrank und andere Möbelstücke vor die Türe, um dem tobenden Mann den Zutritt zu verwehren. Dieser schreckte auch nicht davor zurück, seine vermutlich einst geliebte Frau und uns vier Kinder mit einem langen Küchenmesser zu bedrohen. Wenn er betrunken war, forderte er von unserer Mutter, ihm noch etwas aufzutischen, egal, wie spät es war.

Der Geruch von Spiegeleiern und Bierfahne widert mich heute noch an. Meist nötigte er eines von uns Kindern, ihm beim Essen Gesellschaft zu leisten und vom Spiegelei zu probieren. Besonders häufig traf es mich, da ich damals vermehrt im Elternbett nächtigte, um der Mutter nah zu sein, und ihr bei Auseinandersetzungen beistehen wollte.

Vom Krawall wachte auch meine Oma im Stockwerk über uns auf. Bei den nächtlichen Vorfällen und Eskalationen mit unserem Erzeuger alarmierte sie manchmal die Polizei. Doch bis die uniformierten Herren bei uns eintrafen, hatte sich die Lage meist bereits wieder beruhigt und aus dem wilden, tobenden Wolf war ein ruhiges, braves Lamm geworden. Ich wünschte mir immer mehr, dass dieser Mensch, der unserer Mutter und uns Kindern das Leben zur Hölle machte, indem er zur ungehaltenen Bestie wurde, doch endlich abgeführt werden sollte.

Meinen Großeltern gehörte das alte Haus. Sie bewohnten die mittlere, meine Uroma die oberste und meine Herkunftsfamilie die unterste Wohnung. Alle drei Etagen dienten der zweckmäßigen Bewohnbarkeit, hatten ungefähr fünfzig bis sechzig Quadratmeter Wohnfläche und waren recht spärlich eingerichtet. Das WC befand sich draußen im Gang und war im Winter eiskalt. Wir wussten nie, ob das Spülwasser nicht gefroren war. Nach ein paar Jahren wurde ein kleiner elektrischer Ofen installiert. Heizen mussten wir immer sehr sparsam, auch den Ölofen in unserer Wohnung. Der Öltankvorrat war in besonders strengen Wintern dennoch manchmal vorzeitig aufgebraucht. Da finanziell keine Großlieferung mehr möglich war, holten wir dann manchmal zu Fuß mit der Ölkanne etwas Nachschub bei der Tankstelle in der Nachbargemeinde.

Wir waren bei allem kindlichen Bewegungsdrang und viel körperlicher Aktivität gewohnt, uns in der kalten Jahreszeit in Decken einzuwickeln, um uns zu wärmen und wohliger zu fühlen. Zu unserem Wohnhaus gehörte auch ein alter Stall, in dem ich als Kind sehr gerne Verstecken spielte. Dort lagerten meine Großeltern ihr Brennholz für ihren Holzofen und es gab eine Menge verschiedenster Werkzeuge. Mit dem Flößerhaken (Sappi), der an einer langen Stange befestigt war, zog mein Großvater regelmäßig Holz aus dem nahe gelegenen Fluss. Es wurde getrocknet und dann in ofengerechte Scheite gehackt. Manchmal fischte er auch. Die Forellen und Aale wurden entweder an Ort und Stelle getötet oder noch eine Zeit lang in einem Eimer in eine Stallecke gestellt. Aus den Fischen wurde Bratfisch und aus den Aalen Aalsuppe zubereitet. So oder so hatte ich Mitleid mit den Tieren!

Telefonieren war ausschließlich in der Wohnung unserer Großeltern möglich, da nur sie ein Telefon besaßen. Für Privatgespräche mit Freunden gingen wir zur Telefonzelle, die sich in der Nähe unseres Hauses befand. Längere Gespräche führen konnten wir aufgrund der Kosten nur selten.

Eine kleine Badewanne, in der hauptsächlich geduscht wurde, gab es nur bei uns im Erdgeschoss. Das winzig kleine Badekämmerchen hatte geschätzt die Maße von etwa anderthalb auf zwei Meter und war nur mit einem Vorhang abgetrennt. Als heranreifendes Mädchen fühlte ich mich darin nicht besonders wohl, da es jederzeit sein konnte, dass der Vorhang von jemand anderem zurückgezogen wurde.

Irgendwann war es so weit, meine Mutter ertrug die Situation nicht mehr und fasste den Entschluss, sich endgültig und unwiderruflich von ihrem Mann zu trennen. Am Tag, als er auszog und von uns wegging, der talentierte, tolle Kunstmaler und Musiker, verabschiedete er sich noch von uns vier Kindern. Er überreichte jedem eine kleine Tafel weiße Schokolade namens »Junior« und einen Lutscher. Ich war sehr wütend über diese absurde Geste des Abschieds, darüber, dass damit alles gesagt, entschuldigt und vergessen sein sollte.

In meinem kindlichen Unverständnis, in meiner Wut und Trauer warf ich ihm die Sachen an den Kopf. Das war meine Art, ihm zu zeigen, dass ich mit diesem Abschied, mit all den quälenden Geschehnissen nicht einverstanden war. Kein Wort der Entschuldigung, keine Erklärung. Welch misslungene Vaterrolle. In meinem Alter von vielleicht fünf oder sechs Jahren hatte ich für diesen Menschen nichts mehr übrig und beschloss, ihn gänzlich und für immer aus meinem Herzen zu verbannen. Ich betrachtete ihn fortan lediglich als meinen Erzeuger, mit dem ich in meinem Leben nichts mehr zu tun haben wollte.

Im Schutz meiner Mutter fühlte ich mich sicher und geborgen und solidarisierte mich mit ihr und ihrem Trennungsschmerz. In Liebe und Verbundenheit zu ihr und meinen drei Brüdern hätte ich mich trotz meines jungen Alters jederzeit bedingungslos vor sie gestellt, um ihr Wohlergehen gekämpft. Meine Brüder waren über den Verlust des männlichen Elternteils nur sprachlos und litten still. Häufig stellte ich mir die Frage, ob nicht gerade sie als Buben einen Vater gebraucht hätten, jemanden, mit dem sie Männersachen besprechen konnten, herumtollen, raufen und handwerkeln …

Die Art und Weise unserer Mutter, mit der Trennung umzugehen, war, dass sie alles gänzlich zerstörte, was sie an diesen Mann erinnerte. Sie zerriss Fotos, entfernte Gegenstände, holte aus dem Keller die Axt und zerschlug damit

Kästen, Schränke, allerlei Gegenstände, die ihr geschiedener Mann künstlerisch gestaltet und verziert hatte. Sie erstickte fast in Ohnmacht, Wut, Trauer und Elend. Wahrscheinlich machten ihr auch existentielle Zukunftsängste unheimlich zu schaffen. Nach dieser Trennung, bei der sie ungefähr dreißig Jahre alt war, verabschiedete sie sich von der gesamten Männerwelt. Außer ihren eigenen drei Söhnen erhielt kein männliches Geschöpf jemals mehr eine Chance auf Freundlichkeit, Akzeptanz und Toleranz von ihr. Diese krankhafte Männerfeindlichkeit bekamen später auch besonders mein Mann und ich hautnah zu spüren.

Von klein an entwickelte ich eine besondere Stärke und hatte viel Energie. Ich sah meine Aufgabe darin, für meine Mutter und meine Brüder da zu sein. In dem Dorf, in dem wir aufwuchsen, waren wir damals so ziemlich die einzigen Kinder, die geschiedene Eltern hatten. Meine Brüder wurden deswegen auf dem Schulweg oft gehänselt und ich als kleine Schwester ging bei Rangeleien dazwischen. Streit, besonders in Form von Handgreiflichkeiten, mochte ich noch nie, setzte mich von Beginn an für Frieden und Gerechtigkeit, für Mitmenschlichkeit und Nächstenliebe ein.

Meine Mutter musste finanziell sehr gut haushalten, denn wir lebten stets am finanziellen Limit. Sie schämte sich, von anderen Menschen, selbst von meiner Oma, ihrer eigenen Mutter, Hilfe anzunehmen. Um halbwegs über die Runden zu kommen, ließen wir die Rechnungen im Lebensmittelgeschäft zum Monatsende oft anschreiben und beglichen sie am Monatsbeginn wieder. Häufig ging ich in den Laden, da es meiner Mutter und auch meinen Brüdern eher peinlich war.

Im Geschäft arbeitete eine Verkäuferin, die ich besonders mochte. Sie lächelte stets, hatte meist Zeit für ein paar freundliche Worte und strahlte Ruhe aus. Eines Tages fehlte sie. Wir erfuhren, dass sie als Spaziergängerin von einem Auto erfasst worden und ihren Verletzungen erlegen war. Eine Zeit lang war ich recht traurig und vermisste sie.

Wir vier Kinder teilten uns in unserer kleinen Wohnung gemeinsam ein Schlafzimmer. Während und nach der Trennung unserer Eltern durfte ich bei meiner Mutter schlafen. Ein Privileg, das ich als einzige Tochter und jüngstes Kind besonders genoss. Die angsteinflößenden Schauergeschichten meiner Brüder nervten mich immer mehr und ich war froh, ihnen zu entkommen. Sie erzählten vor dem Schlafen häufig von Feuerwehrsirenen, die laufen und mich holen könnten, auch von Spinnen, die mich fangen würden. Mein Schlaf litt darunter, während sie sich einen Spaß daraus machten. Sie waren in der Mehrzahl.

Dennoch liebte ich meine Brüder sehr und sie mich, das jüngste Geschwisterkind und einziges Mädchen in unserer Familie. Meist waren wir ein eingeschworenes Team, hielten zusammen, spielten mit den gleichen Sachen, beschäftigten uns stundenlang mit DKT (»Das kaufmännische Talent«), teilten uns die alten Skier, ein Kinderfahrrad, Stelzen. Als wir einen Fernseher bekamen, schauten wir besonders in der Ferienzeit gerne Filme. Im Sommer wurde Winnetou ausgestrahlt. Zu meinem Leidwesen spielten wir die Szenen nach und ich als schwächste Mitspielerin wurde an den improvisierten Marterpfahl gebunden.

Freunde und Freundinnen durften wir nie mit nach Hause bringen, das war strikt verboten. Unsere Mutter meinte, dass die Wohnung für Besucher zu heruntergekommen, zu schäbig sei. Ein wenig stimmte es wahrscheinlich. Das Herumtollen von vier lebhaften Kindern hinterließ Spuren auf den Möbeln, an den Wänden und Türen. Als Kinder achteten wir nicht auf das Aussehen unserer Räume, sondern lebten unseren kindlichen Spieltrieb aus und wollten Spaß haben.

Faszinierend, fantasieanregend, beeindruckend, anziehend, einfach wunderschön fand ich unseren großen Garten. Er war sozusagen der Ausgleich zu unserer für fünf Personen doch eher kleinen Wohnung. Wann immer es möglich war, verbrachten meine Brüder und ich die Zeit draußen in der Natur, immer bewacht von der Mutter.

Meine Oma pflanzte verschiedene Gemüse an und es gab viele Obstbäume. Manche Obstsorten wurden im Herbst zu Most verarbeitet. Mein Opa trank ihn besonders gerne in saurem Zustand. Dazu rauchte er etliche Zigaretten. In den Schulferien war die Belohnung für die Mithilfe bei Gartenarbeit und auch Ernte manchmal ein Eis oder ein paar Groschen bzw. Schillinge. Süßigkeiten gab es nur sehr selten, denn das Geld wurde für lebenswichtigere Dinge gebraucht.

Im Winter liebten wir vier Kinder es, draußen große Iglus und andere Schneegebilde zu bauen. Wir konnten uns stundenlang damit beschäftigen und uns verstecken, auch bei Schneegestöber. Von den für mich nicht immer ganz so lustigen Schneeballschlachten hatte ich manchmal noch tagelang blaue Flecken, wenn die harten Bälle mich trafen.

Größere Ausflüge zu machen oder in den Urlaub zu fahren war finanziell nie möglich. Besonders für meine Mutter mussten die Sommerferien ihrer vier Schulkinder besonders lang gewesen sein. Wir verbrachten sie immer daheim. Sie versuchte, uns bei schönem Wetter mit ausgedehnten Wanderungen müde zu machen. Tagtäglich marschierten wir meist pfeifend, mehrstimmig singend und voller Tatendrang bergauf und bergab. Wir rollten über frisch gemähte Hügellandschaften, bewarfen einander mit Heu, teilten und aßen unsere einfache Jause, waren mit dem, was wir hatten, zufrieden. Noch heute höre ich die Stimmen von uns vier übermütigen Kindern und rieche den Duft von Wald, Tannennadeln, Wiese, Heu, Blumen, Kräutern, von Freiheit.

In der Natur war meine Mutter meist unbekümmerter als sonst und ein Teil ihrer Sorgen wirkte wie vom Wind verweht. Sich alleine um vier Sprösslinge zu kümmern, sie satt zu bekommen und großzuziehen ist eine riesige Herausforderung. Beneidenswert war die Situation unserer Mutter bestimmt nicht. Rückwirkend betrachtet kostete sie die ständige, allseits präsente Angst und Sorge um ihre vier Kinder vermutlich am meisten Energie. Bereits früh hatte sie kein eigenes Leben mehr und definierte sich ausschließlich über uns Kinder. Unser Leben war das ihre. Sie ging nie aus und lud niemanden ein, sie blieb für sich.

Neben meinen drei Brüdern wollte sie besonders mich als jüngstes Kind und Mädchen, ihre einzige Tochter, stets vor allem bewahren und beschützen. Sie erlaubte uns allen kaum etwas und schränkte uns dementsprechend stark ein. Das entwickelte sich im Laufe der Jahre zu einer ausgeprägten, krankhaften Kontrollsucht. Als Kind und später sogar noch als Jugendliche bekam ich öfters Hausarrest und wurde im Zimmer eingesperrt. Draußen vor dem Fenster

Kinderstimmen, Lachen, Fröhlichkeit zu hören, selbst nicht mitspielen und nicht dabei sein zu dürfen, das verstand ich meist nicht und empfand die strengen Erziehungsmaßnahmen als äußerst ungerecht.

Ein wenig Trost schenkte mir unsere Katze Mia. Wenn sie sich an mich schmiegte, ich über ihr Fell streicheln konnte und ihr sanftes Schnurren vernahm, dann war es im abgesperrten Zimmer etwas erträglicher. Einmal brachte unsere Katze Mia ihren Nachwuchs in einem unserer Betten zur Welt. Die Geburt hautnah miterleben zu dürfen war etwas ganz Besonderes. Ein paar Tage später waren die kleinen zuckersüßen Katzenbabys von Mia plötzlich nicht mehr da. Sie blieben spurlos verschwunden, ich konnte es überhaupt nicht verstehen. Ich fragte hartnäckig nach und erfuhr, dass mein Opa nicht nur den Nachwuchs von Mia, sondern auch jenen von früheren Hauskatzen beseitigt hatte. Angeblich schmiss er sie auf den Betonboden im Stall oder ertränkte sie im nahe gelegenen Fluss. Diese unschuldigen, wehrlosen Lebewesen einfach zu töten fand ich schrecklich und brutal, die Methode ebenso. Es machte mich zutiefst traurig, schockierte mich. Immer wenn ich den Stall betrat, dachte ich an die armen Katzenbabys. Wenn unsere oder die Katzen meiner Oma lebende Mäuse brachten, konnte ich das hässliche Spiel nicht mitansehen, obwohl ich wusste, dass es ihre Natur ist. Manchmal schaffte ich es, sie ihnen wegzunehmen und zu retten.

Wenn es anderen Menschen Spaß machte, Grausamkeiten mitanzusehen, so reagierte ich stets äußerst sensibel darauf. Für Spaziergänge bei Regen brauchte ich immer etwas länger, da ich sämtliche auf dem Weg liegenden Würmer und

Schnecken aufnahm und sie in Sicherheit brachte. In meiner Herkunftsfamilie waren fast alle tierlieb. Wenn sich zu uns Katzen verirrten, suchte meine Oma im ganzen Dorf nach den Besitzern. Mein Onkel pflegte und zähmte einmal einen verletzten Raben, dem er den Namen Röbi gab. Unser weißer Hase hieß Hansi und das Meerschweinchen Susi. Um Susi kümmerte sich besonders mein mittlerer Bruder. Alle Tiere bekamen viele Streicheleinheiten und Auslauf. Einmal hatte mein mittlerer Bruder eine kleine schwarze Katze namens Knolli. Als Knolli plötzlich nicht mehr nach Hause kam, suchten wir alles ab. Die wehrlose Katze wurde in der angrenzenden Wiese gefunden. Aaron und Tixi, die zwei frei herumlaufenden Schäferhunde der Nachbarn, hatten sie totgebissen.

An einem Ostersamstag entdeckte ich einmal ein kleines nacktes Vogelbaby, das aus dem Nest gefallen war. Meine Mutter und ich legten es in eine Schachtel und machten ihm ein gemütliches Nest. Als ich am Ostersonntag aufgeregt aufstand und nach ihm sah, lag es tot, aber friedlich in seinem Bettchen.

Überfluss kannte ich als Kind keinen, hatte keine materiellen Reichtümer, aber auch nie das Gefühl, arm zu sein. Es war, wie es eben war. Die wenigen Sachen, die ich mein Eigen nannte, genügten mir und ich hielt sie sehr ordentlich zusammen. Ich entfaltete meine kreative Ader, malte, bastelte, werkelte gerne. Wenn ich für meine Ideenverwirklichung farbiges Papier benötigte, so musste ich zuerst ein weißes Papier, sofern vorhanden, anmalen. Zum Geburtstag oder zu Weihnachten wünschte ich mir meist Farbstifte. Der Farbkasten wurde sorgfältig sortiert und die Stifte waren alle gespitzt. Bastelabfälle gab es nicht. So gut wie alles hatte künstlerischen Wert und regte meine Kreativität an. Ich setzte meine Ideenwelt gerne auch bildlich um. Einmal machte ich bei einem Malwettbewerb zum Thema Zirkus mit. Obwohl ich noch nie zuvor in einem Zirkus gewesen war, malte ich drei Löwen auf Podesten und bekam für das Kunstwerk sogar einen Preis.

Wir Kinder wurden sehr katholisch und streng erzogen, was dementsprechend prägte. Meine Mutter und meine Großmutter orientierten sich stark am christlichen Glauben, fanden darin Halt und Zuversicht. Das vermittelten sie auch uns Kindern. Es gab kaum einen Tag, an dem wir nicht in der Kirche waren und mindestens eine Messe mitfeierten oder oft auch selbst mitgestalteten. Mit der Zeit konnte ich das ganze »Gotteslob«-Buch auswendig. Meine drei Brüder waren alle Ministranten. Sie liebten es besonders im Monat Mai, zum abendlichen Maiandachtsdienst eingeteilt zu werden. Dann durften sie in der kleinen Kapelle abwechselnd mit dem Seil die Glocke läuten.

Im kindlichen Spiel improvisierten wir oft mit spärlichen Utensilien und ahmten zu Hause die Messfeier nach. Dazu wurde unsere Urgroßmutter eingeladen und wir vier Urenkelkinder freuten uns über ihr kleines Opfergeld. Als Hostie verabreichten wir Brotstücke. Meist war mein ältester Bruder der Priester und wir anderen seine Gehilfen.

Da Ministrantendienst den Mädchen untersagt war, durfte ich alternativ zur katholischen Jungschar. Eine Zeit lang verteilte ich mit einer Schulfreundin im Dorf das Kirchenblatt und sammelte für den Gehörlosenverein. Von klein an übte ich im Rahmen meiner Möglichkeiten ehrenamtliche Tätigkeiten aus. Entweder begleitete mich meine

Mutter direkt oder sie brachte mich an Ort und Stelle. Später holte sie mich dann wieder genau dort ab. Ich durfte so gut wie keinen einzigen Schritt alleine machen. Sie sorgte sich stets und hatte immerwährenden Kummer, dass mir etwas zustoßen könnte, wähnte mich nirgendwo und bei niemandem sicher. Lange Zeit durfte ich als Kind nicht einmal alleine eine Straße überqueren und musste warten, bis sie da war und mich hinüberbegleitete. Welch riesigen Dauerstress sie doch gehabt haben muss. Obwohl ich sehr gehorsam war, störten mich ihre übertriebene Fürsorglichkeit und der einengende Kontrollzwang immer mehr.

Bereits in meinen Kinderjahren kam meine Musikalität zum Vorschein. Im Kindergarten und in der Volksschule bekam ich für meine Stimme und mein musikalisches Talent viel Lob. Auch wenn ich mich nie darum riss, wählte man mich bei Veranstaltungen fast immer für Soloparte aus. Bei manchem Chormitglied und bei Mitschülern verursachte dies ein wenig Neid. Für mich unverständlich, zumal ich gerne anderen den Vortritt gelassen hätte. Es fiel mir leicht, zu Liedmelodien Überstimmen zu erfinden und die Tonlage sicher zu halten, ich war Stimmführerin. Die Musikalität war mir in die Wiege gelegt worden. Meine Mutter spielte Zither, mein Erzeuger war Musiker, der mehrere Instrumente beherrschte, und auch meine Oma musizierte viel, sang leidenschaftlich gerne, spielte Ziehharmonika und früher Klavier. Musik gehörte von Beginn an zu meinem Leben. Mein mittlerer Bruder lehrte mich ein paar Gitarrengriffe. Ich übte täglich mehrere Stunden lang. Oft nahm ich die Gitarre sogar in der kalten Jahreszeit mit auf die Toilette, denn dort hatte ich am meisten Ruhe zum Üben.

Im Hauptschulchor setzte mich mein Chorleiter, der gleichzeitig auch mein Klassenvorstand war, nicht nur als Vorsängerin, sondern auch als Instrumentalistin ein. Musik war mein starkes Ventil nach außen. Wann immer ich sang und Gitarre spielte, erschuf ich mir dadurch meine eigene kleine Welt voller Träume, Frieden und Freiheit. Meine individuelle Lebensmelodie drückte ich in meiner Musik aus.

Das erste Radio schenkte mir meine Oma zum vierzehnten Geburtstag. Ich bespielte mehrere Musikkassetten mit meinen eigenen Liedern. Manchmal verwickelte sich eine davon im Laufwerk und ich versuchte, das Band herauszubekommen, ohne es ganz zu zerreißen, glättete und klebte es, rollte es wieder sorgfältig auf.

Meine Oma liebte besonders die Volksmusik, spielte leidenschaftlich auf ihrer Handorgel und sang dazu. Neben ihrer Tätigkeit als Kantorin in der Kirche und als Musikantin einer Trachtengruppe genoss sie es auch sehr, mit ihrer Ziehharmonika und mit mir und meiner Gitarre im Garten zu sitzen, gemeinsam zu musizieren und zu singen. Auch wenn ihr Musikgeschmack nicht unbedingt der meine war, so verbrachten wir dennoch viele gemeinsame schöne und unbeschwerte Stunden.

Meine Mutter hatte ihre Musik seit der Scheidung aufgegeben. Sie spielte auch keine Zither mehr. Ihre Lieder und Melodien waren verstummt. Dennoch hatte sie Freude daran, meiner Oma und mir zuzuhören. Sie befürwortete sozusagen, dass Musik mein Hobby war, und stand wenigstens dieser Sache nicht im Weg.

In unserer Nachbarschaft gab es einen Bauern, bei dem wir täglich frische Milch holten. Ich liebte es, bei den Tieren im Stall zu sein, beim Melken der Kühe zuzusehen, ein wenig mithelfen zu dürfen, im Heu zu spielen, mich darin zu verstecken. Einmal habe ich mir beim Spiel auf dem Heuboden den Fuß gebrochen. Meine Mutter verbot mir eine Zeit lang, zum Bauernhof zu gehen. Im Stall des Bauern gab es einen großen Behälter mit Kaubonbons aus Karamell, aus dem auch wir Kinder uns bedienen durften. Wir freuten uns, langten jedoch immer nur spärlich zu, da uns Zurückhaltung und Verzicht gelehrt worden waren.

Manchmal begleitete unsere nur wenige Jahre ältere Tante meinen Bruder und mich zum Stall. Wir spielten »über den Schnee tippeln«. Wer dabei einsank, sollte als Strafe eine Ohrfeige bekommen. Ich kann mich nicht erinnern, jemals wirklich eine gefangen zu haben. Ein anderes Spiel war »Milchkanne schwenken«. Es konnte durchaus geschehen, dass beim Nachhausekommen etwas Milch fehlte.

Unsere Tante war das jüngste Kind meiner Großeltern, ihr Nesthäkchen. Für mich war sie neben meinen drei Brüdern oft wie eine große Schwester. Sie spielte häufig mit uns und schenkte mir die Kleidung, die ihr nicht mehr passte oder ihr nicht mehr gefiel. Ihr Kleidergeschmack war wirklich gut. Ich holte mir im Jugendalter manchmal auch ohne ihre Erlaubnis etwas aus ihrem Kleiderschrank, worüber sie sich verständlicherweise aufregte.

Neue Kleidung, Pullover, Hosen, Schuhe gab es für meine Brüder und mich nur zu Weihnachten. Besonders die Pullover waren in gleicher Farbe und Ausführung, unterschieden sich lediglich durch andere Größen. Ganz selten kam zu Weihnachten die Mutter unseres Erzeugers zu Besuch. Sie brachte uns vier Enkelkindern je eine Tafel Schokolade und etwas Kleingeld für das Sparschwein mit.

Darüber freuten wir uns und nahmen ihr Geschenk gerne entgegen. Mit ihr als Person in ihrer Großmutterrolle konnten wir nicht viel anfangen. Meist hörten wir gemeinsam ein paar Weihnachtslieder, welche die ältere Dame in sentimentale Stimmung versetzten, aßen ein Stück selbst gebackenen Kuchen und brachten die Zeit irgendwie herum. Sie bedauerte oft die Trennung unserer Eltern, beklagte die gesamte eingefahrene Situation und weinte sich aus. Anschließend begleiteten wir sie wieder zur Bushaltestelle, atmeten erleichtert auf und winkten der fast fremden Frau im Bus noch nach.

Wenn das Geld zu Weihnachten sehr knapp war, holte unsere Mutter das Weihnachtsbäumchen im Wald. Da dies zwar kostenlos, aber nicht ganz legal war und die Aktion im Dunkeln stattfand, durfte ich sie nie begleiten. Um finanziell über die Runden zu kommen, bekam meine Mutter Sozialhilfe vom Sozialamt. Auf dieses oder auch auf andere Ämter zu gehen war ihr immer sehr peinlich. Meist weinte sie. Obwohl ich noch sehr jung war, versuchte ich, sie zu trösten. Die Umstände waren alles andere als schön, aber irgendwie kamen wir zurecht.

Dass ihr Ex-Mann wieder Fuß gefasst hatte und angeblich in Saus und Braus lebte, während sie um jeden Schilling für uns kämpfen musste, ging ihr seelisch und körperlich sehr an die Substanz. Das System schien nicht auf ihrer Seite als Alleinerzieherin zu sein. Ich hatte immer das Gefühl, dass sie sich für ihre Situation schämte. Andrerseits war mir unerklärlich, weshalb sie in diesen Notzeiten keine Hilfe von Menschen annehmen wollte, die es gut mit ihr meinten, insbesondere von unserer Großmutter. Manchmal musste meine Oma uns Kindern heimlich etwas Obst und Gemüse oder auch selbst gemachte Marmelade zukommen lassen. Meine Mutter bestand darauf, ihren Eltern monatlich Miete zu bezahlen. Oft wusste sich meine Oma keinen Rat, sie kam einfach nicht an meine verschlossene, sture Mutter heran. Geschenke anzunehmen war uns Kindern strikt untersagt. Manchmal taten wir es dennoch. Wenn sie entdeckt wurden, mussten wir sie meist wieder zurückgeben.

Obwohl ich von meiner Klassenlehrerin in der Volksschule oft Strafarbeiten bekam, war sie meine Lieblingslehrerin. Ungeachtet meiner unfreiwilligen Fleißaufgaben war ich eine gute und erfolgreiche Schülerin, die leicht lernte. Fräulein Lohmann wanderte ein paar Jahre später nach Kanada aus. Diesen Ort auch nur auf der Landkarte zu finden, dafür brauchte ich lange. Wir schrieben uns noch eine Zeit lang regelmäßig ausführliche Briefe.

Wann immer es eine Gelegenheit gab, verwickelte ich meine Sitznachbarn in wichtige Gespräche, war stets mitteilungsbedürftig, neugierig und interessiert. Nicht umsonst nannte man mich »Märchentante«. Kurze Sätze wurden zu umfangreichen Geschichten erweitert, Worte zu spannenden Erzählungen. Meine Leidenschaft galt dem Lesen. Bücher verschlang ich im Eiltempo und nachts, wenn ich schon längst schlafen sollte, leuchtete meine Taschenlampe noch lange, wenn auch spärlich, unter der Bettdecke und führte mich in andere Welten. Meine Taufpatin schenkte mir zu besonderen Anlässen manchmal Bücher. Diese Lektüre war stets sehr gut ausgewählt und die Themen meinem Alter entsprechend. An den einen oder anderen Titel kann ich mich noch erinnern: »Alle Kinder nach Kinderstadt«,

»Gulla auf dem Bauernhof«, »Ein Nachmittag am Meer«. Die Geschenke von meiner Patin durfte ich immer behalten, sie wurden von meiner Mutter nicht beschlagnahmt und nicht zurückgegeben.

Einmal erlaubte meine Mutter meinem jüngsten Bruder und mir, ein paar Tage bei meiner Patin und ihrer Familie verbringen zu dürfen. Wenigstens sie stellte für meine Mutter eine vertrauenswürdige Person dar. Der Aufenthalt bei der netten Familie, in ihrem hübschen Haus und dem schönen Garten gefiel uns wirklich gut. Wir fühlten uns sehr wohl in der harmonischen Umgebung mit der vereinten, kompletten Familie, genossen ihren Zusammenhalt, die einander ergänzenden, liebenden, Ruhe ausstrahlenden Elternteile. Gerne wäre ich noch länger bei ihnen geblieben.

Besondere Krankheiten, außer jenen, die früher üblich waren und fast alle Kinder durchmachten, hatte ich nie. Im Volksschulalter wurde mein Blinddarm entfernt und in der Hauptschule hatte ich an beiden Füßen eine Hallux-Operation. Nach der Fußoperation musste ich ein paar Wochen lang Gipse tragen und der Heilungsprozess erstreckte sich in die Sommerferienzeit. Das war ziemlich lästig. Seit dieser Operation hatte ich im linken Fuß immer ein Schwächegefühl und auch Empfindungsstörungen. Dies verstärkte sich mit den Jahren und führte Jahrzehnte später zu einer weiteren Fußoperation.

KAPITEL 3 –
REHAKLINIK, ZWEITE WOCHE

In einer unserer Gruppentherapiestunden bittet eine neue Teilnehmerin um eine Vorstellungsrunde. Obwohl ich für sie als neue Patientin Verständnis aufbringe, widerstrebt mir ihr Wunsch dennoch, da es innerhalb der Gruppe aufgrund des ständigen Kommens und Gehens bereits mehrere Vorstellungsrunden gab. Die Patientengruppe ändert sich öfters, denn es gibt verschiedene An- und Abreisetage. Jedes Mal werden auch die Gruppenregeln wiederholt. Das nervt mich allmählich. Der Gruppentherapeut lädt die Teilnehmer ein, einander einen Igelball zuzuwerfen und den eigenen Namen zu nennen, mitzuteilen, wie es einem gerade geht, was einen beschäftigt. Ehrlich gesagt bewegt mich in dem Moment, dass ich mich schon wieder vorstellen soll und das auch noch mit einem Igelball. Ich fühle mich unwohl, denn diese Vorstellungsrunden und das gesamte Reha-Material erinnern mich täglich intensiv an meine jahrelange Tätigkeit im Kinderbetreuungs- und Bildungsbereich. Und davon möchte ich eigentlich endlich Abstand nehmen können.

Der Unterschied zwischen dem Reha-Gruppenprogramm und meiner langjährigen pädagogischen Tätigkeit ist, dass ich all die Jahre selbst Gruppenanleiterin war und das tägliche Programm für zehn bis dreiundzwanzig Kinder ausgewählt, vorbereitet und durchgeführt habe. Mit verschieden großen Bällen, bunten Tüchern ... manchmal auch mit Natur- und Jahreszeitenmaterialien sagten die Kinder beim täglichen Kreisritual ihren Namen und zählten, wie viele in der Gruppe anwesend waren bzw. wer fehlte. Sie berichteten über ihre aktuellen Erlebnisse, darüber, was sie auf dem Herzen hatten, ob ein Tier oder gar ein Mensch krank oder verstorben war. Oft wiederholten wir die Abzählrunden auch in den unterschiedlichen Muttersprachen der Kinder. Das gefiel ihnen besonders gut. Sie fühlten sich in diesem geschützten Rahmen des Kinderkreises meist sichtlich wohl. Auch eher verschlossene, schüchterne Kinder öffneten sich immer mehr, lernten, ihre Gefühle zuzulassen, sie mitzuteilen, Emotionen auszudrücken und damit umzugehen. In meiner damaligen Funktion war mir wichtig, viel Raum und Platz für das Seelenleben der kleinen Erdenbürger zu lassen.

Aber jetzt geht es um mich, um meine Befindlichkeit, um mein Seelenleben. Es ist für mich in diesen Räumlichkeiten mit einer Gruppe wechselnder Teilnehmer unmöglich und äußerst befremdlich, mich auf persönliche »Wohlfühlgespräche« einlassen zu können. In dem Reha-Gruppenkonzept nach den traumatisierenden Pandemiejahren auch nur ansatzweise zu genesen, das geht nicht. Das Angebot mit dem Schwerpunkt auf psychischer Gesundheit ist bestimmt gut gemeint, aber dennoch nicht für jeden und jede geeignet. Mich auf Knopfdruck mit mir selbst und zusätzlich mit den bewegenden Geschichten anderer Patienten auseinanderzusetzen: zum jetzigen Zeitpunkt unmöglich.

Diese Erwachsenenvorstellrunde und sämtliche anderen Angebote katapultieren mich gnadenlos wieder zurück in meine berufliche Vergangenheit und meinen zuletzt zermürbenden Arbeitsalltag. Zahlreiche Tätigkeiten, die die

Kinder betrafen, übte ich bis zum Schluss stets mit ganzem Herzen aus. Die Systemvorgänge sowie eine Vielzahl an Mitarbeitern, die die unguten Abläufe und Geschehnisse jahrzehntelang befürworteten, passten leider nicht. Und dann kam noch die unmenschliche Coronadiktatur dazu, die Spitze des Eisberges der völligen Systementfremdung. Es war für mich an der Zeit, daraus auszusteigen und das zerstörerische Schlachtfeld des Massenwahns zu räumen.

Ausgerechnet mir wirft der Therapeut nun den Ball zuerst zu, so als würde ich ihn magisch anziehen. Ich erkläre kurz meine emotionale Lage, meinen unguten Rückblick auf die letzten Jahre und bekenne, dass ich mich gerade sehr stark in die Vergangenheit zurückbewege. Dies schadet mir zum jetzigen Zeitpunkt gefühlt viel mehr, als es mir hilft. Es entfacht ein pures Gefühlschaos. Besonders durch meine letzte Arbeitsstelle und die Coronavorgänge bin ich traumatisiert, blockiert und nicht gruppenfähig. Es ist schwer, meinen Zustand zu beschreiben. Innerlich klinke ich mich aus der Gesprächsrunde aus und lasse den mitteilungsbedürftigeren Teilnehmern den Vortritt.

Der ausgedehnte Spaziergang, den ich nach dieser anstrengenden Therapieeinheit mache, tut unheimlich gut. Die Natur mit all ihrer ganzen Schönheit beruhigt und besänftigt immer wieder neu.

Seit dem Vortag warte ich auf einen Termin bei einem der Reha-Ärzte. Diesbezüglich wurde mir verlässlich ein Rückruf versprochen. Da der Arzt telefonisch nicht erreichbar war, hat ihm eine Mitarbeiterin vom Pflegestützpunkt eine E-Mail gesendet. Darauf hat er leider noch nicht geantwortet. Ich spüre immer mehr, dass mir der Aufenthalt in der

Einrichtung nicht guttut. Seit ich hier bin, schlafe ich noch schlechter. Mein Schlafmangel ist inzwischen chronisch. Trotz Pausen zwischen den Therapien kann ich mich nicht erholen und meine Vorahnung bezüglich meiner Zustandsverschlechterung hat sich leider bestätigt. All meine Versuche, dem Ablauf zu folgen, meine Gesundheit zu verbessern und aktiv mitzuwirken, verlaufen im Nichts. Obwohl der Großteil des Reha-Teams wirklich sehr engagiert, bemüht und auch empathisch ist, bleibt die Behandlungsindividualität auf der Strecke.

Die Statistikbögen, die während des Aufenthaltes mehrfach auszufüllen sind, bereiten mir Mühe. Zu viel wurde die vergangenen Jahre verschoben. Besonders die öffentlich zugänglichen Informationen, Statistiken der Coronazeit, die Datengrundlagen und die Manipulationen des Landesdashboards Vorarlberg haben meine Sichtweise diesbezüglich massiv ins Wanken gebracht: Je nach Auftraggeber einer Statistik fällt sie dementsprechend aus. Dass man keiner Statistik, die man nicht selbst gefälscht hat, glauben soll, dem stimme ich zu.

Erneut frage ich beim Pflegestützpunkt, ob es bei anhaltenden Schmerzen üblich ist, länger (mehrere Tage) auf einen Arzttermin im Haus warten zu müssen. Ich spüre meine Ganzkörperschmerzen, meine operierten Regionen sehr intensiv. Diese als ständige Begleiter zu haben, möchte und kann ich nicht akzeptieren. Chronischer Schlafmangel, Schwindel, Kopfschmerzen, Ohrgeräusche und Wirrwarr sind Dauerbegleiter. Ei, ei, ei, so alt bin ich doch noch gar nicht, dennoch fühle ich mich so geschwächt.

Am nächsten Tag raffe ich mich auf und gehe nach dem Frühstück in ein Geschäft, um ein paar Blumen zu kaufen.

Nachmittags wird mein Mann zu Besuch kommen und wir wollen gemeinsam einen Krankenbesuch bei einem sehr netten uns bekannten Ehepaar machen, das in Kliniknähe wohnt. Shopping war und ist so gar nicht mein Ding. Besonders seit dem Coronamaßnahmenwahnsinn sträube ich mich noch mehr, Geschäfte zu betreten. Der Lockdown für Ungeimpfte hat mich hart getroffen. Es kommt vor, dass mich in Geschäften plötzlich ein Engegefühl befällt, mein Herz unkontrolliert rast und mir schwindlig wird. Manchmal muss ich dann die Flucht ergreifen, den Einkaufswagen einfach stehen lassen. Menschen, der Tumult, der Druck werden mir dann ganz plötzlich zu viel. Was hat diese Zeit nur mit mir gemacht? Negativ verändert hat sie mich auf jeden Fall! Und gerade deswegen sehne mich nach einer fairen Aufarbeitung. Vielleicht fühle ich mich dann wieder etwas geerdeter und gesünder.

Am späteren Vormittag habe ich noch eine Gruppentherapie auf meinem Plan, erneute Gespräche, eine Befindlichkeitsrunde, ein bisschen Bewegung zu Musik und abschließend Barfußgehen im Freien. Die Therapieeinheit wird von einer Krankenschwester durchgeführt. Bei unserem kurzen Nachgespräch meint sie, ich solle in der kommenden Woche dem Arzt erneut hartnäckig erklären, dass ich aufgrund meiner zunehmenden körperlichen Beschwerden unbedingt auch Einzelphysiotherapie benötige. Wäre ich zu Hause, hätte ich meine maßgeschneiderten Einzeltherapien nicht unterbrechen müssen. Denn dort bin ich seit langer Zeit in physiotherapeutischer Behandlung.

Wirklich seltsam, dass das Reha-Programm »Psychische Gesundheit« andere gesundheitliche Probleme der Patienten ausklammert und ausschließlich auf die Psyche fixiert ist. Mit körperlichem Dauerschmerz kann sich die Psyche doch nicht erholen und genauso umgekehrt. Gesundheit ist ein unzertrennliches Zusammenspiel von Körper, Geist und Seele. Schon wieder werde ich zerstückelt. Wenn der Fokus nur auf einen Bereich ausgerichtet ist, dann kann keine ganzheitliche Heilung geschehen.

Wie glücklich und zufrieden bin ich doch, als mein Mann ankommt. Wir verbringen mit unseren Bekannten einen gemütlichen Nachmittag. Bei unserer Rückkehr ins Rehazentrum begegnen wir dem Ehepaar, mit dem ich im Speisesaal immer am Tisch sitze. Nach einer netten Begrüßung und kurzen Unterhaltung fährt mein Mann wieder nach Hause. Zu wissen, dass daheim alles gut läuft, beruhigt mich. Mein Mann wird von unseren wunderbaren fürsorglichen Kindern kulinarisch öfters verwöhnt, sie kochen auch gemeinsam, sind füreinander da, schenken sich Zeit. Auch unsere Tiere werden bestens versorgt.

Ich wäre viel lieber bei ihnen!

Unsere Happy Family ist verlässlich, genial, einfach spitze.

Ich danke dem Universum innigst für diesen Lebensschatz, für meine Herzensmenschen.

Am Sonntag machen mein Mann, unsere Töchter und ich gemeinsam einen Ausflug. Wir fahren mit einer Seilbahn in die Höhe, genießen die wunderschöne Natur und den herrlichen Ausblick. Rundum ist Sonne, die sich auch in meinem Herzen ausbreitet. Mit diesen kleinen Lichtblicken arbeite ich mich Stück für Stück von Tag zu Tag.

Beim Abendessen sprechen meine Tischnachbarn und ich über das Bildungssystem. Daran und auch an vielen anderen Themen können wir derzeit kein gutes Haar lassen. Es dampft und rinnt aus etlichen Töpfen. Mit den derzeit amtierenden Regierenden inklusive des österreichischen Bundespräsidenten kocht die Suppe immer noch mehr hoch.

Wie kann man ein Land dermaßen an die Wand fahren und die Bürger so ungeniert im Stich lassen?

Zu unserem Tisch kommt erneut ein Herr, der sich anscheinend sogar meinen Namen gemerkt hat und mir wie bereits häufiger seine Lebensgeschichte weitererzählen möchte. Er hat ein großes Bedürfnis, gehört zu werden, und fragt mich, ob er mir morgen von seinem Nahtoderlebnis berichten darf. Ich sage höflich und bestimmt, dass es nicht geht, denn morgen bin ich wieder mit meiner lieben Familie verabredet. Es ist nicht einfach, bei all den Erzählungen und Berichten anderer Patienten bei sich zu sein und einen kühlen Kopf zu bewahren bzw. ihn nicht noch mehr zu zerbrechen.

Der Ausflug ins Grüne tut rundum wohl und ich freue mich wie immer, mit meinen Lieben ein paar glückliche, sonnige Stunden verbringen zu können.

Leider hält das Wohlgefühl des Familientages nicht allzu lange an, denn in der Nacht erwache ich erneut mit Schmerzen. Die Uhr zeigt drei Uhr fünfundvierzig. Ich komme nicht um eine Schmerztablette kombiniert mit einem Magenschutzmittel herum. Die bekannten Körperschwachstellen melden sich zum Dienst. Wenn ich schon wach bin und nicht mehr schlafen kann, nutze ich die Zeit, um ein wenig zu lesen. Ich sehe die Buchstaben meines Buches ziemlich verschwommen und merke mir gar nicht, was ich gelesen habe. Ich lege es wieder zur Seite und harre aus. Nach etwa fünfundvierzig Minuten lösen sich meine Schmerzen ein wenig. Für ein paar Minuten gehe ich noch auf den Balkon und bestaune den klaren, überwältigenden Sternenhimmel. Jeder Mensch sollte zumindest einen ganz besonders hellen Stern am unendlichen Firmament haben.

Eine Bekannte schickte mir am nächsten Abend eine WhatsApp-Nachricht. Es geht um die Nominierungen einer Schmähpreisverleihung, die sich »Das goldene Brett« nennt. Ich habe zuvor noch nie davon gehört und recherchiere ein bisschen. Das goldene Brett ist ein Negativpreis für angeblich wissenschaftlichen Unfug. Er wird von der GWUP (Gesellschaft zur wissenschaftlichen Untersuchung von sogenannten Para- und Pseudowissenschaften) verliehen. Anzumerken ist, dass dieser unseriösen Gesellschaft die fachlichen Voraussetzungen fehlen, um, besonders in Fragen zu Corona, wissenschaftlich fundierte Positionen vertreten zu können. Wenn man sich die Nominierungsliste dieser GWUP ansieht, dann muss man sich beinahe übergeben. Zumindest mir geht es so. Dass einige Menschen, hochkarätige Koryphäen, Spezialisten mit jahrzehntelanger Erfahrung und Fachkompetenz von der GWUP als Verschwörungstheoretiker abgestempelt werden, ist unerträglich. Die Verleihung dieses Schmähpreises passt super zu all den abartigen Vorgängen der letzten Jahre in unserem Land. Wie hässlich und pietätlos ist es, sogar den verstorbenen Biologen Clemens Arvay, der sich unermüdlich für Wahrheit einsetzte und fachlich fundierte Kritik über die Corona-Impfpflicht äußerte, auf diese Liste der Nominierten zu setzen! Er war, wie viele andere begrüßenswerte

Kritiker, vielen ein Dorn im Auge. Mit so viel Widerstand rechneten die Verantwortlichen nicht. Wie erbärmlich, dass so sehr gegen ihn gehetzt wurde, dass sein Wikipedia-Eintrag regelmäßig geändert und er für seine Aufklärungsarbeit, für die Richtig- und Klarstellung des Irrsinns derart beschimpft wurde. Ich bin unheimlich empört und auch geschockt, dass solche Veranstaltungen überhaupt zugelassen werden.

Große Wut und Fassungslosigkeit breiten sich wie so oft in letzter Zeit in mir aus.

Ich schreibe dem Veranstalter eine E-Mail:

Herr H., Sie sollten sich schämen! Das »Goldene Brett« gebührt Ihnen und all jenen, die für unseriöse Berichterstattung und Diffamierung verantwortlich sind!

Ich kann nur sagen »PFUI, PFUI, PFUI« und innigst hoffen, dass immer mehr Menschen Abstand von Ihrer Berichterstattung nehmen! Irgendwann werden Sie und alle »MittäterInnen« entzaubert, davon bin ich absolut überzeugt!

Ich gedenke Clemens Arvay mit tiefer Wertschätzung und wünsche ihm ein erfülltes, friedliches Leben in der Anderswelt!

Liane Schiffer

Antwort von Herrn H.:

Liebe Liane Schiffer,

Wir beim Goldenen Brett sind darum bemüht, antiwissenschaftliche Strömungen zu thematisieren.

Dabei thematisieren wir jene Personen, die dieses nicht im Stillen für sich selbst tun, sondern damit andere Personen erreichen wollen

*und Öffentlichkeit suchen. Das sind AIDS-Leugner genauso wie
Reichsbürger und Verschwörungserzählende.*
*Wo hier genau das »Pfui, Pfui, Pfui« liegt, wissen wir auch nicht.
LG, M.*

Meine Rückmeldung:
»Wer der Herde folgt, sieht nur Ärsche!«

Verstorbene sogar noch nach ihrem Ableben in den Dreck
zu ziehen ist unmenschlich und unverzeihlich.

Bevor ich schlafe, höre ich mir einen weiteren Teil eines
Videos von Dr. Christian Schubert an. Sein Wissen als Psy-
choneuroimmunologe schätze ich wirklich sehr. Besonders
in den Pandemiejahren war ich oft froh und dankbar, dass
er sich als echter Fachmann für ganzheitliche Medizin immer wieder zu Wort gemeldet hat. Dass er unermüdlich
aufzeigte, was sämtliche Zwangsmaßnahmen mit den Menschen machen, dass die Maschinerie Medizin in eine Sack-
gasse fährt und sich immer mehr von der Ganzheitlichkeit
der Patienten, des Menschen als Individuum entfernt. Seine
Sichtweise hat auch mir die Augen für vielerlei Abläufe und
Vorgänge geöffnet und mich bezüglich meiner eigenen Erfahrungen mit der entfremdenden Medizin bestätigt.

Herzlichen Dank für die zahlreichen informativen Bei-
träge!

Am nächsten Morgen habe ich einen Termin bei der Diä-
tologin. Sie fragt, ob ich mit dem Speiseplan zufrieden bin.
Ich sage ihr, dass ich ihn noch gar nicht angeschaut habe,
denn es ist für mich nicht wichtig, was auf dem Teller ist,
es muss nur vegan und nichts Süßes sein. Und bis jetzt passt

die Küche gut, etwas nachwürzen kann ich ja immer selbst mit den Pfefferpäckchen, die auf dem Tisch bereitstehen. Dass die Küchenmitarbeiter extra für mich Hummus zubereiten und sich rund um meine vegane Kost bemühen, ist wirklich sehr nett.

Wir schweifen etwas vom Thema ab. Ich berichte der Ernährungsberaterin, dass ich Bewegung grundsätzlich ganz gerne mag. Vor der Coronazeit besuchten mein Mann und ich öfters ein Fitnesscenter, wir hatten sogar ein Jahresabo. Als die völlig überzogenen Einschränkungen kamen, war es das dann mit dem Training. Aufgrund dessen und meiner schlechten Gesamtverfassung, den zunehmenden gesundheitlichen Problemen mit Schmerzen vor und nach meinen Operationen ging es bei mir bewegungstechnisch steil bergab. Obwohl meine beiden Töchter sehr bemüht sind, mich wieder zu motivieren, fällt es mir nicht leicht, mich regelmäßig aufzuraffen und an der körperlichen Genesung dranzubleiben, wenn das Gesamtsystem chronisch träge und anhaltend erschöpft ist.

Musiktherapie mag für manche hilfreich sein, für mich stellt sie eine weitere Therapieform dar, die mich aus mehreren Gründen ziemlich aufwühlt. Seit meiner chronischen Ohrengeschichte 2016, dem häufigen Schlechthören, der Flüssigkeit im Ohr, den immer wiederkehrenden Schmerzen, den zwei erfolglosen Paukendrainagen und dem Gefühl der Halbseitigkeit bin ich sehr empfindlich. Es ist mir unmöglich, mich auf das Musizieren einzulassen und ich ertrage jegliche Art von Lärmpegel nicht mehr. So bemüht und nett hier alle sind, ich fühle mich nicht wohl. Die Musiktherapie erinnert mich zudem wieder an meine jahrzehntelange Tätigkeit mit den Kindern. In dieser Form habe ich selbst viele Musikkreise mit den Kleinen durchgeführt. Jeder wählt ein Instrument und spielt zuerst einzeln darauf. Dann stimmen alle ein und es wird gemeinsam musiziert. Den Kindern hat es meist Spaß gemacht.

Mir heute und hier leider nicht. Zum Schluss singt uns die begabte Musiktherapeutin ein Lied vor und begleitet es auf ihrer Gitarre. Sie hat eine sehr schöne Stimme. In Gedanken schwelge ich in früherer Lagerfeuerromantik.

Als ältere Jugendliche verbrachte ich im Sommer mit meinem Chor so manch schönen Abend in gemütlicher Runde im Freien. Meist machten wir ein kleines Lagerfeuer, genossen das unbeschwerte Beisammensein, redeten, philosophierten, betrachteten den Sternenhimmel und musizierten. Ich wurde auch häufig gebeten, meine Lieder vorzusingen, die ich teilweise selbst komponiert hatte. Meine Gitarre war so gut wie immer und überall dabei. Für meine Lieder brauchte ich keine Noten, sie wurden auswendig gesungen und gespielt.

Meine Treffen mit Freunden gefielen meiner Mutter nicht, obwohl sie immer harmlos waren. Wäre es nach ihr gegangen, so hätte ich nie etwas unternehmen dürfen, nur mit ihr. Manchmal schaffte ich es, mich irgendwie durchzusetzen, immer häufiger auch gegen ihren Willen. Ihre Fürsorge wurde von Tag zu Tag einengender und krankhafter. Dass ich bereits die Volljährigkeit erreicht hatte, ignorierte sie, behandelte mich weiter wie ein kleines Kind. Je mehr sie mich einengte, desto weniger gern war ich daheim und zog mich von ihr zurück, versuchte, mich abzukapseln. Eine besonders intensive Schnittstelle, einen wirklich großen Vertrauensbruch erreichte sie mit dem Stöbern in meinem Zimmer, dem unerlaubten Lesen, Beschlagnahmen und Zerstören meines Tagebuchs, das ich seit vielen Monaten führte. Meine Aufzeichnungen, in denen ich meine tiefste Seele sprechen ließ, waren nicht für sie bestimmt und sie enttäuschte mich mit dieser Aktion wirklich sehr.

Als Kind und Jugendliche ging mir so unendlich viel durch den Kopf. Sämtliche Geschehnisse, Abläufe und Ungerechtigkeiten belasteten mich. Ich wurde von den Weltgeschehnissen regelrecht mitgerissen und war sehr empfänglich für das Leid von nah und fern.

Eine Methode, nicht völlig darin zu ersticken, war, mir meine Gedanken von der Seele zu schreiben. Meine Notizen beinhalteten auch Erlebnisse mit Freundinnen und Freunden, einfach alles, was mir als Jugendliche wichtig war, was mich beschäftigte und ich schriftlich festhalten wollte. Fotos von mir und Freundinnen hatte ich nur sehr wenige. Meine Mutter riss eines Tages bei manchen meiner Fotos einfach die Personen, die ihr nicht passten, weg und schrieb ein paar seltsame Worte dazu. Allzu gerne hätte ich meine Mutter an meinem Leben teilhaben lassen, sie freundschaftlich integriert. Ihr Verhalten machte dies jedoch völlig unmöglich und ich entfremdete mich immer mehr von ihr.

Für den weiteren Tagesverlauf habe ich mir etwas sehr Anspruchsvolles vorgenommen. Schmerz hin oder her, ich möchte in der langen Mittagspausenzeit alleine die viel gepriesene »Aquastiege« erklimmen. Streckenlänge: 4,44 km, 914 Stufen, 385 Höhenmeter. Die Tour, welche von der Rehaklinik auch geführt angeboten wird, muss ich mir einfach anschauen. Alleine. Die schnellste Begehung wurde anscheinend einmal von einem Schüler in etwa vierzehn Minuten geschafft.

In der Beschreibung steht, dass der Weg für Geübte und Schwindelfreie geeignet ist. Ich bin weder geübt noch schwindelfrei, aber zu diesem Zeitpunkt äußerst experimentierfreudig. Und ich möchte raus, raus aus diesem Haus, raus aus der Komfortzone, raus aus meinen kreisenden Gedanken, ab in die Freiheit. Sollte ich überfordert sein und es körperlich nicht schaffen, kehre ich eben um. So einfach ist das. Mein Pflichtbewusstsein meldet sich wieder und mahnt: Um Punkt sechzehn Uhr muss ich bei meiner nächsten Therapie sein, koste es an Anstrengung, was es wolle. In ziemlich genau eineinhalb Stunden und mit vielen kurzen Verschnaufpausen schaffe ich den beschwerlichen Aufstieg und bin ziemlich erledigt. Mehr als einmal habe ich mit dem Gedanken an eine Umkehr gespielt, um ernüchtert festzustellen, dass es aufgrund des unwegsamen Geländes kein Zurück gibt, nur ein Vorwärts.

Die Aussicht bei der Ankunft ist sehr schön. Leider habe ich keine Zeit, sie länger zu genießen, denn die nächste Therapie ruft. So schnell wie noch nie trinke ich auf der Terrasse der Gastwirtschaft ein Soda Zitrone und fülle dadurch meinen Wasserhaushalt wieder etwas auf. Manche Reha-Patienten haben von Kässpätzle und Schnitzel geschwärmt, das man hier als Belohnung essen solle. Mir bleibt null Zeit, um einen Blick auf die Speisekarte zu werfen, ob es auch vegane Gerichte gibt, denn in gut einer Stunde muss ich bereits wieder im Tal unten sein. Wie das zu bewerkstelligen ist, weiß ich nicht. Am Nebentisch sitzt eine nette Familie und ich erkundige mich bei ihnen und auch bei der

Wirtin nach dem Rückweg die Straße entlang. Sie bieten mir an, in ihrem Auto mitfahren zu können, obwohl sie eigentlich keinen Platz mehr frei haben. Ihre erwachsene Tochter würde sich sogar in den Kofferraum setzen. Das ist unglaublich lieb und hilfsbereit, aber ich lehne dankend ab, möchte ihnen keine Umstände machen. So gehe ich, meine Kräfte für den Endspurt noch ein letztes Mal sammelnd, eiligen Schrittes den unbekannten Rückweg und schaffe es wirklich auf die Minute pünktlich bis sechzehn Uhr. Zeit, um die auf den Wiesen weidenden Schafe, Kühe und die Hühner eines Bauernhofes länger zu beobachten, habe ich dadurch leider überhaupt nicht. Dennoch nehme ich die Tiere wahr und es freut mich, dass sie es im Grünen so schön haben.

Obwohl ich für meinen speziellen Trip insgesamt etwa zweieinhalb Stunden gebraucht habe, kann ich nun beim Thema Aquastiege mitreden und stolz darauf sein, es trotz all meiner zahlreichen Beschwerden geschafft zu haben. Die Tatsache, dass ich streckenweise fast hinaufgekrochen bin, rückt in den Hintergrund. Und die Nachwehen, von denen mein Muskelkater die kleinste Sache ist, nehme ich einsichtig in Kauf. Im Alltag wieder beweglicher und aktiver zu werden, trotz mehrerer chronifizierter Beschwerden voranzuschreiten, nicht aufzugeben, das ist mein persönliches Ziel. Es liegt alleine in meiner Hand, den Lebensfluss wieder harmonischer werden zu lassen, es ist meine individuelle Entscheidung und meine eigene Verantwortung.

(Lebens-) Wege können sehr steil und beschwerlich sein. Erschöpft, erledigt und durchnässt mache ich mich nach meiner Rückkehr gleich auf zur beginnenden Nachmittagstherapie. Die anschließende lange Dusche ist herrlich erfrischend und ich genieße das angenehm temperierte Wasser ausgiebig. Ich bin mir unseres Wasserreichtums, der unbegrenzt aus unseren Leitungen fließt, durchaus bewusst. Dieser Luxus und auch viele andere alltägliche Dinge sind für mich keine Selbstverständlichkeit, sondern Privilegien, für die ich immer wieder neu dankbar sein möchte! Besonders dankbar auch dafür, derzeit noch in einem Land ohne Krieg wohnen zu dürfen. Eine Freundin äußerte zu Beginn des russisch-ukrainischen Krieges, dass sie sich allmählich fürchte, Krieg in der Nähe zu haben. Auch wenn ich sie und ihre Ängste gut verstehe, ist meine Sichtweise, dass Krieg schrecklich ist, egal wo er stattfindet. Krieg wird nicht besser, nur weil er nicht direkt vor der Haustüre, sondern in weiter entfernteren Gebieten stattfindet … Was Österreich betrifft, so finde ich es einen Wahnsinn, dass dieses heuchlerische Land zu den größten Exportnationen von z. B. Schusswaffen gehört!

Nun freue ich mich auf das Telefonat mit meinem Mann. Er ist daheim tüchtig wie immer und berichtet mir, was er alles gemacht hat. Sein handwerkliches Geschick und seine Reparaturgeduld sind grandios. Es freut mich wirklich sehr, dass es ihm und unseren Kindern gut geht. Die letzten Jahre haben auch sie ziemlich stark belastet und sie wünschen sich sehr, dass ich genesen kann. Wieder lebendig und strahlend zu sein, kraft- und energievoll, mit der Vergangenheit Frieden zu schließen und Altes loslassen zu können, das wäre doch schön. Ob es mir gelingt, zu meinem ursprünglichen Vertrauen zurückzufinden, das ist derzeit noch offen bzw. bin ich diesbezüglich unheimlich skeptisch.

Nach dem abendlichen Gespräch mit meinen Tischnachbarn hole ich bei der Rezeption meinen Therapieplan für den nächsten Tag und mache mir dann noch einen heißen Salbeitee. Salbei trägt bekannterweise zur Linderung von Wechselbeschwerden bei.

Mediales Hauptthema ist gerade der Fall des Herrn Teichtmeister. Das milde Urteil für den Besitz einer so großen Zahl kinderpornografischer Dateien schockiert mich zutiefst und macht mich regelrecht sprachlos. So viele zerstörte Kinderseelen!

Was ist nur los mit diesem Land, mit unseren Gesetzen, dieser Justiz? Es scheint tatsächlich überhaupt nichts mehr zu funktionieren.

In der Nacht unternehme ich mehrere Schlafversuche, die fehlschlagen, raffe mich ergeben auf, ein paar Seiten meines Buches weiterzulesen und atme auf dem Balkon wieder viel frische Luft ein. Leider schmerzt mein rechtes Ohr anhaltend und die lästigen Ohrgeräusche verfolgen mich. Als der Morgen naht, freue ich mich auf den Frühstückskaffee, dessen Duft ich bereits in der Nase habe, und auch auf mein mit Karotten und Gurkensticks belegtes Vollkornbrot.

Heute hat der Kater meiner jüngeren Tochter seine erste Zahnoperation. Gedanklich schicke ich ihnen alles Gute. Moe ist eine von drei ukrainischen Katzen, die vor etwa zwei Jahren mit vielen anderen Katzen über den Tierschutz nach Vorarlberg gebracht wurden. Freigang ist nicht möglich, da die Tiere leider Immunkrankheiten haben. Unsere Stubentiger sind aus den Familien nicht mehr wegzudenken. Wie schön, dass wir alle Tierfreunde sind und diese Geschöpfe bei uns einen sehr großen Stellenwert haben.

In der Ressourcen-Selbstwirksamkeitsgruppe sind wir wieder elf Personen. Der Therapeut stellt Materialien zur Verfügung, mit denen wir einen Seelengarten gestalten können. Wie schaut es darin aus? Pflegen wir ihn als zuständige Gärtner? Wer oder was darf hinein? Können oder wollen wir ihn abgrenzen? Diese Methoden kenne ich ganz gut aus meiner eigenen langjährigen Arbeit mit Kindern. Durch das Legen von Mandalas oder dem Malen von Bildern verliehen sie ihrer Stimmung besonderen Ausdruck und offenbarten ihre zarten Kinderseelen.

Manche Menschen können sich nonverbal besser sichtbar machen.

Wieder sitze ich in diesem Raum mit einer mir immer noch recht fremden Menschengruppe, um mich meinen Gefühlen, meinem eigenen Seelenzustand zu widmen und mich mit mir auseinanderzusetzen. Dass mich die Therapien und die gesamte Thematik des Aufenthaltes in der Rehaklinik unheimlich fordern, das merkt mein ganzer Körper. Besonders intensiv spüre ich die Verspannungen im Nacken, Schulter- und Rückenbereich. Meine Therapiepläne haben bis jetzt keine einzige Massage beinhaltet. Diesbezüglich erkundige ich mich bei der Therapieplan-Erstellungsstelle. Ich bin offenbar nicht die einzige Patientin, die im Laufe ihres Aufenthaltes gerne einmal eine Massage hätte. Die Mitarbeiter meinen, dass ein Lottosechser wahrscheinlicher sei, als eine Massage zu bekommen. Es herrsche großer Mitarbeitermangel, bei ihnen fehlten derzeit vier Masseure. Das sind keine tollen Aussichten. Ich bin ziemlich enttäuscht und wünsche mir meine häusliche Physiotherapie inklusive meiner Massagen herbei, die mir schon mehrfach verschrieben wurden. Der Reha-

Aufenthalt hat meine Therapie bei meinem Physiotherapeuten sozusagen unterbrochen. Dass ich in der Rehaklinik schlechter versorgt werde und keine Physiotherapien vorgesehen sind, habe ich wirklich nicht gedacht. Spielt es denn tatsächlich ausschließlich eine Rolle, in welchem Gebäudetrakt man untergebracht ist, und nicht, was die individuelle Genesung des Patienten fördert und zu seinem Wohlbefinden beiträgt? Massage tut doch fast jedem gut, sie entspannt und löst. Aufgrund meiner Hartnäckigkeit und meinen wiederholten Schmerzschilderungen, die den operierten Hallux-Fuß betreffen, werde ich zumindest einmal zu einer Schlingentherapie und zu einer Therapie mit elastischen Bändern eingeteilt. Wieder denke ich, dass die meisten Therapeuten ihre Arbeit gut und patientenorientiert erledigen, das Gesamtkonzept der Rehaklinik überzeugt mich jedoch nicht.

In der Identifikationsgruppe fühle ich mich heute überhaupt nicht wohl und sehr fehlplatziert. Ich spüre unheimlich viel aufgestaute Energie im Raum. Sie wühlt mich auf und wirft mich immer mehr aus der Bahn. So viele Geschichten, so viel Traumatisches, auch geballte Ladungen Wut. Wut, das heutige Thema. In der anschließenden Gruppentherapie setzen wir uns mit unseren Zielvereinbarungen auseinander. Geleitet wird sie von einer Psychologin und einem Psychiater. Die Patienten berichten von der vergangenen Woche, ob die individuellen Ziele erreicht worden sind oder eher nicht.

Es wird auch über die aktuell einzunehmenden Medikamente und deren Wirkung gesprochen. Bei manchen braucht es laut dem Psychiater eine Ergänzung, Verbesserung oder komplette Umstellung der Medikation. Dazu denke ich mir wieder meinen Teil. Außer gelegentlichen Schmerztabletten, dem Magenschutz und meinem veganen Sortiment kommt für mich nichts mehr in Frage. Die Auswirkungen sämtlicher verordneter Medikamente, man könnte sie auch »Medizinisches Ausweichmanöver« nennen, hat sich bei mir bereits in zahlreichen Nebenwirkungen gezeigt. Dies hat der Reha-Arzt registriert und es bleibt mir erspart, alles noch einmal berichten zu müssen.

Zum Gruppengespräch mit dem Arzt kann ich nicht viel beitragen, ich bringe jeden einzelnen Tag irgendwie hinter mich. Und ebenso täglich sehne ich mich immer mehr nach meinen eigenen vier Wänden. Meine Reha-Abbruchgedanken beschäftigen mich sehr. Mein wiederholter Wunsch einer Massage wird zwar vom Arzt notiert, aber nicht versprochen, er kann keinen Masseur herbeizaubern. Ich nehme zur Kenntnis, dass ich Massagen in der Reha abhaken muss. Vor dem Ende der Zielvereinbarungsgruppenzeit sitzen nur noch eine andere Patientin und ich da, alle anderen sind bereits gegangen. Die Therapeuten erwähnen immer wieder, dass man den Raum jederzeit verlassen kann. Das wurde offensichtlich von vielen Patienten umgesetzt.

Das kommende Wochenende darf ich nach Hause fahren! Ich freue mich beinahe wie ein Kind. Beim Gedanken an meine Lieben und an meine gewohnte Umgebung macht mein Herz richtige Freudensprünge.

Der abendliche Spaziergang führt mich wieder zum Fluss, zu Max und Moritz, den zwei hübschen Ziegen, und den Schnatterenten, die gerade ihr Bad im Teich genießen. Die Farben der bunten Blumenvielfalt und der niedlich angelegten Gärten, die auf meinem Weg zu bestaunen sind, wirken wie kleine Wunder auf mich. Heilsamer natürlicher Zauber, direkt vor der Haustüre, kraftvolle Energie umhüllt mich, mir ist wohlig angenehm.

Ein weiterer Tag geht zu Ende, behaftet mit einem klitzekleinen Funken Ansporn und dahinschleichender Erschöpfung zugleich. Mein Zimmer befindet sich in der Nähe der Aufenthalts- und Spieleecke der Station. Die Patienten können puzzeln, malen, lesen, stricken, Tischspiele machen, sich unterhalten oder auch einfach nur schweigen. Ich vernehme Gelächter und Gespräche und denke mir, wie schön, dass manche Patienten offen für Begegnungen sind. Dass sie Raum für Fröhlichkeit und Geselligkeit zulassen können. Ich selbst bin meist viel zu müde und zu erschöpft, um mich der lockeren, wenn auch speziellen Atmosphäre anzuschließen. An die vorgeschriebene Nachtruhe halten sich fast alle. Es sei denn, es gibt noch etwas Wichtiges (ein Spiel, ein Puzzle ...) zu Ende zu bringen.

»Morgenerwachen« ist eine Entspannungstherapie, bewusste Atmung ein wichtiger Teil davon. Da der Praktikant wieder zu spät dran ist, übernimmt eine Therapeutin spontan unsere Gruppe. Statt fünfzig Minuten dauert die angeleitete Einheit nur zwanzig. Bei eins einatmen, bei zwei aus, dabei auf zehn zählen. Es mangelt mir leider an Konzentration, die gewünschte Entspannung stellt sich zumindest bei mir nicht ein. Während ich zähle, fällt mir die von mir im Kindergarten viele Jahre durchgeführte Schulvorbereitung für die angehenden Schüler ein. Im Zahlenland geht es um Geschichten von eins bis zehn. Sie kreisen wild in meinem Kopf herum und verwirren mich. Dagegen hilft auch bewusstes Atmen nicht.

Es ist mir bei meinen Therapien unmöglich, mich konstruktiv einzubringen und mein Gedankenkarussell abzuschalten. Beinahe alles erinnert mich an meine berufliche Tätigkeit. Da mein beruflicher Abgang leider kein guter war, bescheren mir sämtliche Therapien eher unangenehme Zustände, als dass sie meine dauerhafte Anspannung lösen. Sie versetzen mich besonders in meinen schrecklichen Pandemie-Arbeitsalltag zurück und das verstärkt meine Symptome massiv.

Im Zimmer nehme ich mein inzwischen aufgeladenes Handy zur Hand. Eine langjährige Freundin hat mir eine Nachricht geschickt. Sie beinhaltet einen aktuellen Zeitungsausschnitt mit einer rührenden Gedenkanzeige. Sehr lieb von meiner Tante, dass sie unsere Verstorbenen wieder mit einer wunderschönen, persönlichen Anzeige würdigt.

Mein jüngster Bruder verstarb 2015 mit vierundvierzig Jahren.

Meine Oma 2008 mit zweiundachtzig Jahren.

Obwohl es schon so lange her ist, scheint es in diesem Moment dennoch nah und schmerzt in meiner Seele.

Meine beruflichen Erinnerungen verfolgen mich, denn in den Räumlichkeiten der Ergotherapie gibt es zahlreiche allzu gut bekannte Materialien: Farben, Pinsel, Papier, Draht, Tücher, Ton, Speckstein, Flechtutensilien und verschiedene Werkgeräte.

Zu Beginn bekomme ich einen Befund- und Selbsteinschätzungsbogen. Ich überfliege die lästigen Fragen und bin mit dem Ankreuzen schnell durch. Es ist mir inzwischen zuwider, irgendwelche Formulare auszufüllen. Auch

Lust und Laune, ein Werkstück zu fertigen, ist stark begrenzt. Mein Magen zeigt mir durch ein Ziehen, dass er meine ungute Stimmung, meine bohrenden Erinnerungen wahrnimmt. Augen zu und durch!

Ich habe mir vorgenommen, für jede meiner Töchter ein Batiktuch zu gestalten, eines in Gelb-Orange und eines in Blau-Grün. Beim Basteln bin ich geübt und meist recht flott. Jahrelang bastelte ich mit all den Kindern in meiner Spielgruppe und im Kindergarten in Rekordzeit. Eigentlich habe ich es immer gerne gemacht und war sehr kreativ. Dennoch ist die heutige Herausforderung, mich mit dem Werkmaterial auseinanderzusetzen, außerordentlich groß. Wirklich komisch, dass ich nach jahrzehntelanger Anleitung, die ich anderen gegeben habe, nun selbst angeleitet werde.

Äußerst störend empfinde ich den anhaltend lauten Lärm, der durch eine andere Patientin verursacht wird. Sie klopft gefühlt hundertfach auf ihrem Tonklumpen herum, wirft ihn auf den Boden, hämmert auf ihn ein. So, als wollte sie alle Wut, die in ihr ist, an dem Stück Material auslassen. Mir wird der Lärm allmählich zu viel und ich begebe mich in den Werkraum nebenan. Dort scheint es etwas ruhiger zu sein, das Klopfen ist dennoch gedämpft wahrnehmbar, aber zumindest auszuhalten.

Nach etwa einer halben Stunde bin ich mit den Batiktüchern fertig und hänge sie zum Trocknen auf. Hoffentlich gefallen sie meinen Töchtern. Als Nächstes beginne ich mit einem Obstkorb für meinen Mann und mich. Ich lackiere den Unterboden und bin dann für heute fertig.

Da die ärztliche Visite auf den nächsten Tag verschoben wird, begebe ich mich mit einem Tee in mein Zimmer und genieße wieder die schöne Balkonaussicht. Mit meiner Nagelschere schneide ich das Stück Zeitungspapier mit dem Foto meines verstorbenen Bruders und meiner Oma aus. Diese Anzeigen scheinen mir so ziemlich das Einzige zu sein, was dieser VN Brauchbares zu entnehmen ist.

Am Nachmittag entschließe ich mich zu einem ausgedehnten Spaziergang, sammle ein paar Naturmaterialien und suche eine geeignete Stelle für ein spontanes Gedenkmandala. Ich finde einen schönen, hellen Platz. Es ist mein heutiger Auftrag an mich selbst und mein Seelenwohl, die Verstorbenen, die nie ganz weg sind, mit diesem Ritual zu ehren. Der Zeitpunkt fühlt sich gerade wichtig und richtig an.

Erinnerungen, die unser Herz berühren, gehen niemals verloren und unsere Seelen bleiben einander nah.

Etwas erleichtert, aber auch müde kehre ich zurück und beschließe, mich von der anschließenden Bewegungstherapie abzumelden. Bewegung hatte ich nun wirklich genug, körperlich und geistig. Der verständnisvolle, sehr nette Therapeut meint, dass es völlig okay sei, denn bekanntlich mache die Dosis das Gift. Da hat er wohl recht.

Unruhige, schlaflose Nächte bin ich bereits gewohnt. Sie sind voller Gedanken und Überlegungen, ich wälze mich von einer auf die andere Seite. Ich sehne mein feines Wasserbett herbei. Mein Mann und ich lassen uns jeden Abend freudig hineinfallen und betonen immer wieder, wie angenehm entlastend es für den Rücken und den ganzen Körper ist.

Nach den folgenden Therapien mit viel körperlicher und ebenso psychischer Aktivität, intensiver Anstrengung, vielleicht auch Überanstrengung, schaue ich noch kurz in den Räumlichkeiten der Ergotherapie vorbei, um die Batiktücher auszuwaschen und zu bügeln. Dinge unfertig liegen zu lassen, das mag ich überhaupt nicht. Beim Bügeln bin ich zwar ziemlich ungeübt, die beiden Seidentücher sind jedoch überschaubar. Ich packe die Geschenke gleich ein, damit ich sie am nächsten Tag meinen Töchtern überreichen kann.

Während ich bügele, unterhalte ich mich ein bisschen mit der Ergotherapeutin. Sie teilt mir mit, dass heute ihr letzter Arbeitstag in der Klinik sei. Eine Nachfolgerin gebe es derzeit keine. Rundum vernehme ich Berichte über den Therapeutenmangel und frage mich, wie lange diese und auch andere gesundheitliche Einrichtungen den Personalmangel noch stemmen können? Eine wahre Herausforderung, das Therapieprogramm dennoch durchzuführen und den Betrieb aufrechtzuerhalten. Eine individuellere Reha-Konzeptgestaltung und passendere Therapiepläne für Patienten wird es wohl noch länger nicht geben.

In der nächsten Therapieeinheit herrscht Gruppenstillstand. Die Themen, Erlebnisse und traurigen Berichte der Gruppenteilnehmer berühren und beschäftigen mich seit der Ankunft. Dass es für mich nicht gesundheitsförderlich ist, in meiner eigenen Situation noch mehr aufgewühlt zu werden, spüre ich innen und außen. Jedes Gruppenthema ist mir nur zu gut bekannt, sämtliche Lebenserinnerungen, die meinen familiären, beruflichen und sozialen Bereich betreffen, kehren wieder, werden dadurch aufgeweckt, verschmelzen ineinander. Um dem Stillstand unserer Gruppe entgegenzuwirken und sie wieder in Bewegung zu bringen, führt der Therapeut eine aktive Körperübung durch.

Motiviert und richtig aktiv werden wir heute dennoch wohl eher nicht mehr. Er teilt uns in dieser Stunde mit, dass er ab übernächster Woche für drei Wochen im Urlaub sei. Wohlverdiente Regeneration und Erholungszeit gönne ich ihm von Herzen.

Mein ständiger Zwiespalt zwischen Bleiben oder Gehen stresst mich mit jedem Tag mehr. Die Therapien bringen mich bis jetzt leider überhaupt nicht vom Fleck, im Gegenteil, sämtliche Symptome und Schmerzzustände haben sich verstärkt. Hätte ich nicht die Befürchtung, zu Hause wieder dem gleichen bürokratischen Hürdenlauf ausgeliefert zu sein, den ich bereits hinter mir habe, im schlimmsten Fall sogar die gesamten Aufenthaltskosten selbst tragen zu müssen, so würde ich schnellstmöglich die Heimreise antreten. Ich bin im Zirkel des Geldes und den damit verbundenen Auflagen gefangen, das schadet mir sehr. Ich nehme mir vor, das Thema Abbruch der Reha erneut mit meiner verständnisvollen Einzeltherapeutin zu besprechen.

Auf mein Wochenende daheim und auf einen meiner Lieblingsspaziergänge im vertrauten Gelände freue ich mich schon sehr. Den Gedanken, am Sonntagabend wieder in der Rehaklinik sein zu müssen, versuche ich weit von mir wegzuschieben.

KAPITEL 4 –
JUGENDZEIT

Habe ich den Übergang vom Kind zur Jugendlichen überhaupt gemerkt? Ich kann mich nicht mehr daran erinnern, abgesehen vom Einsetzen meiner Menstruation. Denn auch, als ich die Hauptschule und anschließend das Gymnasium besuchte, wurde ich von meiner Mutter intensiv überwacht und permanent kontrolliert. Sie raubte mir beinahe die Atemluft und meine Entfaltungsfreiheit als Individuum. Obwohl ich zwar musikalisch in verschiedenen Pfarreien aktiv war und mich auch privat mit diesen gleichgesinnten Jugendlichen traf, musste ich ständig um Ausgang ringen und mich rechtfertigen.

Die Themen Liebe und Sexualität waren völlig tabu. Alles, was damit zu tun hatte, wurde als verwerflich, sündhaft und schlecht dargestellt, war verboten. Wir redeten nie über Geschlechtlichkeit, über Fortpflanzung, über Gefühle und Liebe. Meine Brüder versteckten ihre BRAVO-Hefte vor der Mutter möglichst gut. Wenn sie sie beim Herumstöbern dennoch fand, war sie außer Rand und Band und die Zeitschriften wurden sofort beschlagnahmt.

Das zunehmende Alter ihrer Sprösslinge überforderte meine Mutter immer mehr. Sie hielt krampfhaft daran fest, uns vier Kinder vor Unheil, vor der »schlechten Welt«, zu bewahren. Ihre vermeintliche Stärke, die sich in Form von Strenge und Verboten äußerte, schwächte unsere Mutter-

Tochter Beziehung. Mich krampfhaft festhalten zu wollen war Gift für unser Zusammenleben.

Auch in der Hauptschule war ich eine gute Schülerin und in allen Hauptfächern in der ersten Leistungsgruppe. Meine Lieblingsfächer waren Deutsch, Musik und Biologie. Mathematik hatte bei mir nie die Chance, Favorit zu werden. Mein Klassenvorstand drückte öfters ein Auge zu und nahm zur Kenntnis, dass mein Interesse und meine Fähigkeiten nicht in diesem Bereich lagen. Dennoch konnte ich mich die ganzen vier Jahre in der ersten Leistungsgruppe halten. Da der Lehrer auch Musik und Chorgesang unterrichtete, stellte er mich bei schulischen Veranstaltungen oft in den Vordergrund!

Im Englischunterricht schenkte mir mein aus Japan stammender Lehrer einmal eine Packung wunderschönes buntes Origamipapier. Er zeigte mir auch ein paar Falttechniken. Darüber freute ich mich riesig und verschwendete kein einziges Blatt.

Sehr erfreulich und erstaunlich war, dass mir meine Mutter einmal die Teilnahme an der Skiwoche erlaubte. Es gelang meinem Klassenlehrer und meinen Brüdern mit viel Überredungskunst, ihr das Einverständnis abzuringen. Meine Vorfreude und Aufregung waren wirklich groß, zumal ich es nicht gewohnt war, irgendwo mitmachen oder hingehen zu dürfen. Nach Ankunft am Skiort wurden alle Schüler ihrem Fahrniveau entsprechend in Fahrgruppen eingeteilt. Obwohl ich noch nie zuvor auf einer richtigen Skipiste gestanden und bis zu diesem Zeitpunkt nur auf kleinen Hügeln getrippelt hatte, bestand der Sportlehrer darauf, mich in die erste Gruppe zu stecken. Wir fuhren mit dem Skilift bis zur Bergspitze hinauf, hinunter ging es nur über die Buckelpiste. Für mich als Skipistenneuling ein völlig unmögliches Unterfangen. So standen mein Lehrer und ich im immer dichter werdenden Nebel, während sich alle anderen bereits Richtung Tal aufgemacht hatten. In mir breitete sich Unbehagen aus. Aufgrund meines Mangels an Technik weigerte ich mich und sah den einzigen Ausweg darin, mich auf dem Gesäß Hügel für Hügel hinabzubewegen. Das nahm ich dem Sportlehrer sehr übel. Ein paar Jahre später begegneten wir uns wieder und ich erzählte ihm diese alte Geschichte, über die er und ich inzwischen gemeinsam schmunzeln konnten.

Eine andere ungute, mich äußerst prägende Hauptschulgeschichte gibt es vom Kochunterricht. In diesem Schulfach wurden wir Schülerinnen als Vorspeise-, Haupt- und Nachtischköchin eingeteilt. Eine Hauptspeise, die ich einmal zubereiten sollte, war Backofenhuhn. Die Kochlehrerin zeigte uns, wie man die Innereien aus der Henne herausholt. Dann erklärte sie, dass man diese neben das Fleisch legt, angeblich, um ein leckeres Aroma zu bekommen. Es widerte mich richtig an, ich grauste mich, die Anweisung durchzuführen und weigerte mich. In diesem Fach wäre mir auch die schlechteste Note egal gewesen, denn ich wehrte mich innerlich immer mehr gegen jegliche Art von Tierzubereitung. Im Jahreszeugnis bekam ich in diesem Fach von der Lehrerin aufgrund meines Benehmens ein Befriedigend. Das nahm ich zugunsten der Tierwürde gerne in Kauf. Meine Skepsis bezüglich Fleischkonsum und dem Umgang mit Tieren wurde immer mehr zu meinem Thema. Nach dem Vorfall im Kochunterricht wurde ich gänzlich Vegetarierin und bin es bis heute geblieben.

Jeden Montagmorgen auf meinem Weg zur Schule hörte ich die erbärmlichen Schreie, das flehende Quietschen der Schweine, das klägliche Muhen der Kühe, die zum Schlachten zur nahe gelegenen Metzgerei neben meiner Bushaltestelle gebracht wurden. Es ging mir immer durch Mark und Bein und ich hätte sie am liebsten alle befreit, diese wehrlosen Schlachttiere.

Im Gymnasium brachte meine Biologielehrerin einmal ein Rinderauge mit in den Unterricht. Als sie es sezierte, ekelte ich mich wirklich sehr davor, mir wurde schlecht. Auch heute noch erinnern mich Gelee, Marmelade, Pudding, Götterspeise oder Sülze etc. an die gallertartige Masse des Auges, und nichts davon steht auf meinem Speiseplan.

Der Krieg in Jugoslawien 1991, Ungerechtigkeit, Armut, Not, Leid, die gesamten Weltthemen beschäftigten mich als Jugendliche wirklich sehr und machten mich tieftraurig. Oft schaute ich in der Schule aus dem Fenster, entfernte mich inhaltlich aus dem Klassenzimmer, meine Gedanken schweiften in die Ferne, ich grübelte und grübelte. Die Schicksale von Menschen und Tieren berührten und bedrückten mich immer mehr. Ich zog mich schweigend zurück, distanzierte mich vermehrt von Trubel, von Lärm, von Wichtigtuern, Lehrpersonen und Mitschülern, mied größere Gesellschaften, wurde verschlossener und stiller.

Im Gymnasium kam manchmal mein Klassenvorstand auf mich zu und fragte, was denn los sei. Ihm oder anderen Personen erklären zu können, was in mir vorging, war völlig unmöglich. Ich entfremdete mich von dem starren Bildungssystem, hinterfragte zunehmend Lehrinhalte und Lehrmethoden, hatte das Gefühl, anders zu sein und in all das nicht hineinzupassen. Ich wusste nicht, warum ich so sensibel und oft überwältigt von einer geballten Ladung Traurigkeit und Seelenschmerz war. All meine Gedanken, Sehnsüchte und Träume hielt ich in meinem Tagebuch fest. Es nahm tagtäglich an Volumen zu.

Freiraum und Freiheit fand ich meist in der Stille der Natur, ich bewegte mich im Lichtspiel des Waldes, umarmte die Bäume, war fasziniert von der Pracht der duftenden Blumen, erfreute mich am Gezwitscher der Vögel, verweilte an idyllischen Seen und beobachtete die ruhigen Wellenbewegungen des kristallklaren Wassers. Ich sog all die Farben der Schöpfung intensiv auf, inhalierte die belebende Luft der Natur, welche in jede einzelne Zelle strömte, mich die Freiheit des Lebens mit dessen Grenzenlosigkeit für einen Moment lang fühlen und spüren ließ.

Im Alter von ungefähr zwölf Jahren musste ich von meiner Urgroßmutter Abschied nehmen. Sie stürzte eines Tages die steile Treppe in unserem Haus hinunter und hatte höllische Schmerzen. Auf dem Kanapee meiner Großeltern liegend, den Arm mit dunklen Blutergüssen unterlaufen, stöhnte sie vor unerträglichem Schmerz und Elend. Nachdem der Hausarzt meine Uroma untersucht hatte, meinte er, wenn der alten Dame etwas fehle, dann höchstens im Kopf. Meine Großmutter bestellte daraufhin eigeninitiativ die Rettung. Der Arm ihrer betagten Mutter war gebrochen. Von diesem Unfall erholte sich meine Uroma leider nicht mehr und sie siechte in der fremden Spitalsumgebung bis zum Sterben dahin.

Bevor sie im Krankenhaus starb, besuchte ich sie gemeinsam mit meiner Oma noch ein letztes Mal. Ich spürte, dass es Zeit war, Abschied zu nehmen, hielt ein letztes Mal ihre Hand und war ihr innerlich ganz nah. Unsere Verbundenheit, unsere Seelennähe, die bleibende Energie konnte uns der Tod nicht nehmen. Meine Verwandten schauten die tote Uroma am Tag vor ihrer Beerdigung nochmals an. Sie war in der örtlichen Leichenhalle aufgebahrt worden. Ich durfte nicht mit. Laut den Berichten der Verwandten war ihr Anblick kein schöner, denn das Kissen, auf das ihr Kopf gebettet war, hatte Blutflecken …

Einige Zeit vor ihrem Tod wohnte meine Uroma ein paar Monate in einem Altersheim. Wir brachten ihr öfters frischen Farn aus dem Wald mit. Damit polsterte sie ihr Kopfkissen und glaubte fest daran, dass dies ihren guten Schlaf förderte. Bei jedem Besuch umgab sie eine so tiefe, eindringliche Traurigkeit, dass meine Oma sich rasch umentschied und ihre Mutter umgehend zurück in ihre häusliche Obhut brachte. Meine Großmutter strahlte wieder, fühlte sich in der gewohnten Umgebung geborgen und wohl.

Wenige Jahre später gab es einen weiteren Todesfall in der Familie.

Der Zustand meines kranken Großvaters verschlechterte sich. Als es ihm noch gut ging, hatte er mit uns Kindern häufig Karten und Brettspiele gespielt, wir verbrachten regelmäßig Zeit miteinander. Das Wohnzimmer, in dem wir uns immer aufhielten, war durchgehend vernebelt, denn mein Opa war Starkraucher. Manchmal schickte er mich in das Tabakgeschäft, um neue Zigaretten zu besorgen, oft auch in das nur wenige Schritte entfernte Lebensmittelgeschäft. Dort gab es seinen Lieblingsmost, den »Blauen Bock«. Der jährliche Vorrat an Most aus dem eigenen Obst, das in der Mosterei gepresst wurde, war meist bald aufgebraucht. Wenn beim Einkauf etwas Kleingeld übrig blieb, durfte ich es behalten und freute mich darüber.

Meine Oma berichtete mir, dass sie und mein Opa früher häufig schlimme Konflikte gehabt hatten. Dies fand ich sehr bedauernswert und sie tat mir leid. Abgesehen davon reichten mir die Streitereien meiner eigenen Eltern. Meine Mutter hatte offensichtlich einen Mann gewählt, der ihrem Vater recht ähnlich war.

Die Kräfte meines Opas schwanden immer mehr. Eines Nachts klopfte meine Oma an unsere Wohnungstür und berichtete völlig aufgelöst, dass sie vermute, der Opa sei nun gestorben. Weder sie noch meine Mutter konnten sich dazu überwinden nachzusehen, ob dies auch wirklich so war. Um die Situation zu entschärfen und um uns Klarheit zu verschaffen, ging ich in das Schlafzimmer der Großeltern. Dort spürte und hörte ich noch den zarten, unregelmäßigen Hauch meines todgeweihten Opas. Erst ein paar Tage später machte er den letzten Atemzug.

Die Verabschiedung fand in kleinstem Rahmen im Krematorium in St. Gallen statt. Diesen Wunsch hatte mein Opa in seinem letzten Willen festgehalten. Er wollte nicht, dass seine Überreste in der Nähe jener Menschen begraben werden, mit denen er zu Lebzeiten Konflikte hatte. So fuhren wir Verwandte gemeinsam mit dem Gemeindepriester nach St. Gallen und gestalteten eine kurze, aber dennoch würdige Verabschiedungsfeier. Mein mittlerer Bruder und ich umrahmten das Beisammensein mit Musik, wir spielten Gitarre und ich sang ein paar Lieder dazu. Bei der Einäscherung waren wir Angehörige nicht mehr dabei. Viele

Jahre später besuchte ich mit meiner Happy Family die letzte Ruhestätte meines Großvaters.

Neben dem Musikunterricht in der Schule musizierte ich leidenschaftlich gerne in meiner Freizeit, gestaltete viele Messfeiern mit, spielte auf Hochzeiten, Tauffeiern und manchmal auf Beerdigungen.

Ein mir gut bekannter Jugendlicher, den ich durch das Musizieren kennengelernt hatte, erkrankte an Krebs. Obwohl er seine Krankheit voller Hoffnung bekämpfte, konnte er sie nicht besiegen. Am Tag seiner Beerdigung ging ich alleine in die Leichenkapelle, um mich nochmals in Ruhe von ihm zu verabschieden. Als ich dem geöffneten Sarg näher kam, stieg mir ein süßlicher Geruch in die Nase. Der tote Körper wurde bereits von lästigen Fliegen umschwirrt. Mein gequälter Bekannter warf seine unwichtige Hülle ab und befreite sich von seinem Ballast. Er war erlöst von seinen zehrenden Schmerzen! Ein gutes Ankommen in der »Anderswelt« sei ihm von Herzen gegönnt.

Bald musste ich mich erneut mit dem Tod eines Gleichaltrigen auseinandersetzen. Ein sehr lieber Mitschüler verstarb kurz vor seinem sechzehnten Geburtstag bei einer Spritztour mit seinem neuen Moped. Ich trauerte um ihn und vermisste unsere Gespräche während der gemeinsamen Busfahrten in die Schule. Der Todesfall unseres Mitschülers bekam im Klassenunterricht nicht den nötigen Raum und Platz. Wir gingen schnell wieder zur Tagesordnung über. Gedanklich war ich noch öfters bei dem Verstorbenen und verarbeitete den Todesfall alleine jenseits des Klassenzimmers.

Etwas später verstarben zwei weitere meiner früheren Mitschüler. Wir kannten uns bereits aus Kindertagen und waren bis ins junge Erwachsenenalter befreundet. Meine Freundin starb an einer Hirnblutung, mein Freund erlag einem Krebsleiden.

An schönen Tagen fuhr ich mit dem Fahrrad in die Schule. Früh aufzustehen hatte mir noch nie Mühe bereitet. Um meine häusliche Situation, das Unwohlsein im Unterricht und meinen gesamten Alltag erträglicher zu machen, brauchte ich diese Zeit für mich. Es fiel mir meist schwer, mich aus der Natur wieder in Räume zu begeben, begrenzt und bevormundet zu werden, eingeengt zu sein.

Die nicht funktionierende Beziehung zwischen meiner Mutter und mir beschäftigte mich immer mehr, ging mir an die Substanz, raubte mir zunehmend Energien und Weiterentwicklungsmöglichkeiten. Ich musste einen Weg finden, um mich loslösen und entfalten zu können.

Auch im Jugendalter war ich sehr gläubig und wirkte in verschiedenen Bereichen mehrerer Gemeindepfarreien mit. Ich betätigte mich hauptsächlich im Kinder- und Jugendliturgiekreis, war Chormitglied und auch Kantorin. Dadurch lernte ich viele nette gleichgesinnte Menschen kennen und baute besonders zu einem Priester eine tiefe Freundschaft auf. Wann immer es mir schlecht ging, mich meine private Situation fast erdrückte, die Weltgeschehnisse mich deprimierten, so konnte ich mich an diesen Menschen wenden und ihm mein Herz öffnen. Meist verschriftlichte ich das, was mich bewegte, was mir Kummer bereitete, was in mir vorging und mich erstarren ließ. Ich schrieb viele Seiten in mein Tagebuch und zahlreiche Briefe an Seelenverwandte, auch an den Priester. Zu wissen, dass es jemanden gab, vor dem ich mich nicht verbiegen musste, der mir Verständnis schenkte und einfach ein Stück meines Lebensweges mit mir ging, gab mir im Alltag Halt und Zuversicht.

Je selbstständiger und erwachsener ich wurde, desto mehr engte mich meine Mutter ein. Irgendwie musste es doch möglich sein, dem unerträglichen Dauerzustand entfliehen zu können! Das Leben ihrer Kinder war das ihre, ihr einziger Lebensinhalt. Besonders mich, ihr einziges Mädchen, hätte sie gerne ewig bei sich daheim behalten. Aus ihrer Sicht war das vielleicht gut gemeint, aus meiner Perspektive war es völlig krankhaft und raubte mir die Luft zum Atmen. Durch ihr Verhalten, durch die ständige Beschattung verlor sie mich und meine Liebe zu ihr immer weiter und eines Tages ganz. Irgendwie hatte ich trotz aller negativer Vorgänge und Handlungen dennoch Mitleid mit ihr.

Der Priester unterstützte mich in der Abgrenzung, suchte nach einer Möglichkeit, damit es mir besser ging und ich mich weiterentwickeln konnte. Er wusste, dass es inzwischen mein großer Wunsch war, von zu Hause fortzugehen, den ganzen Ballast hinter mir zu lassen, einem Kloster beizutreten, zu »flüchten« … In seiner Pfarre eröffnete zeitgleich ein geistliches Zentrum, in dem Ordensschwestern, Klarissinnen, wohnten. Er sprach mit der Oberin und fragte, ob sie mich eine Zeit lang aufnehmen könnten. Ich bekäme dadurch wegweisenden Einblick ins Klosterleben und nebenbei wäre es mir möglich, weiterhin die Schule zu besuchen.

Circa für ein Jahr wurde ich Teil der kleinen Klostergemeinschaft. Diese Erfahrung möchte ich in meinem Leben nicht missen und ich bin dankbar dafür. Mein Alltag war geprägt von Wertschätzung, Freundlichkeit, Hilfsbereitschaft und mitmenschlicher Zuwendung. Auch Humor kam nicht zu kurz. Diese Zeit brachte mir die Klarheit, dass ein Klosterleben wohl doch nicht mein Weg sein würde. Zu sehr benötigte ich meinen eigenen Freiraum und die Freiheit, meinen Tagesablauf selbst gestalten zu können. Ich wollte in meinem eigenen Tempo vorankommen, nicht in der mitschwesterlichen Fürsorge, über die ich anfänglich wirklich unheimlich froh war, ersticken. Meine Mitschwestern waren alle sehr liebenswürdig und bemüht. Sie versuchten mich, meine Gedanken, mein Leben zu verstehen, was nicht gerade einfach war.

Der Klosterbetrieb hatte seine fixe Struktur und Regeln. Einmal wöchentlich fand ein Schweigetag statt. Außer an diesem nahm ich überall teil, so gut es neben der Schule ging. Ich stand um fünf Uhr auf, ging zum ersten Gebet, weiter am Mittag, am Nachmittag und dann noch einmal am Abend. Je nachdem, was mein Stundenplan im Gymnasium zuließ. Zudem gab es Anbetungsstunden, in langer Andacht und vertiefender Meditation war ich sehr geübt. Manchmal traf ich mich nach dem letzten Abendgebet mit Freundinnen. Wir gingen in das Dorfcafé in der Nähe des Klosters, redeten, philosophierten und spielten auch Karten. Nachts spazierte ich gerne alleine zum Friedhof. Ich betrachtete all die Kerzen, das Lichtermeer, fühlte mich an diesem Ort wohl und geborgen. Angst vor der Dunkelheit hatte ich nicht. Den Sternenhimmel und den Mond mochte ich ganz besonders, sie zogen mich magisch an. Pure, mystische Unendlichkeit zum Greifen nah. Beseeltes, geheimnisvolles Universum, wie klein wir doch alle sind!

Am Wochenende besuchte ich ab und zu meine Mutter, um zu erfahren, wie es ihr mit der Situation ging und ob sie alleine zurechtkam. Sie war vermutlich sehr einsam und unglücklich.

In meinem Inneren spürte ich nach ein paar Monaten immer stärker, dass meine Situation nicht stimmte, dass das klösterliche Leben sich nicht richtig anfühlte, dass ich etwas anderes benötigte. Ich wollte Abstand von allem, auch von der Behütung durch meine Mitschwestern. Obwohl ich in diese klösterliche, mitmenschliche, ruhige Atmosphäre eingebettet war, wurde meine Energie immer weniger und ich merkte, dass ich dringend eine Auszeit und Abstand von allem (wirklich von allem!) brauchte. Ich musste diesen Ort loslassen, damit sich Neues auftun und entfalten konnte.

Eine Freundin berichtete mir von einer Praktikumsstelle in einem Schulheim für Kinder und Jugendliche mit Behinderungen in Innsbruck. Das klang spannend und ich fasste bald den Entschluss, mich für dieses Praktikum zu bewerben. Mir graute davor, meiner Mutter und dem Direktor meiner Schule von meinem Plan zu berichten, von dem ich mich nicht mehr abbringen lassen würde. Mit dem Direktor traf ich die Vereinbarung, dass ich nach Ende des Praktikums nochmals in die gleiche Schulstufe einsteigen würde. Ich war bereits im Maturajahr und hatte inzwischen meine Volljährigkeit mit achtzehn Jahren erreicht, durfte, zumindest nach dem Gesetz, selbst entscheiden.

Die Monate meines Praktikums im Behindertenheim vergingen unheimlich schnell. Am Vormittag war ich im Unterricht als Lernhelferin tätig, am Nachmittag in der Wohngruppe in der Freizeitgestaltung. Gemeinsam mit einer anderen Betreuerin wuchsen wir zu einer netten Gruppe zusammen, geprägt von liebevollem Umgang und gegenseitigem Respekt. Aufgrund der geistigen und körperlichen Behinderungen unserer Heimkinder lag täglich auch viel Schweres über uns. Die Kinder und Jugendlichen hatten unheilbare Krankheiten, die sie im Laufe der Zeit mehr und mehr schwächten. Umso intensiver, kostbarer und besonders wertvoll war jeder einzelne Augenblick. Wir lachten viel. Nach meinem Praktikum hatte ich noch ein paar Jahre lang Kontakt zu ein paar Mitarbeitern, besonders zu jenen aus meiner Gruppe. Sie berichtete mir immer, wenn jemand unserer Kinder oder Jugendlichen verstorben war.

Nach dieser intensiven Zeit versuchte ich, schulisch nochmals durchzustarten, und zog erneut bei meiner Mutter ein. Dass sich die alten Zustände so schnell wiederholen und sich sogar noch erheblich zuspitzen würden, das hätte ich nicht gedacht! Für sie blieb ich das Kind, ihr Mädchen, das sie zu behüten hatte. Manchmal verabredete ich mich mit einer Freundin in der Stadt. Sie besuchte die Krankenpflegeschule und wohnte im Mädcheninternat. Wenn ich nach unserem Treffen in der Nacht mit dem Zug nach Hause fuhr, begegneten mir am Bahnhof öfters Obdachlose, die mir ihre traurigen Lebensgeschichten erzählten. Daheim wartete bereits meine Mutter mit ihren vorwurfsvollen Predigten.

Durch meine Freundin lernte ich 1992 meinen Freund und Ehemann kennen. Inzwischen sind wir über dreißig Jahre glücklich verheiratet. Er war ihr Mitschüler und sie der Meinung, dass wir prima zueinander passten. Anfänglich war ich ihm gegenüber sehr schüchtern und wollte keine

Beziehung eingehen. Bis zu diesem Zeitpunkt kannte ich nur das Kloster- und Singleleben, hatte mit Männern keinerlei Erfahrungen gemacht. Besonders große Probleme sah ich in der Konfrontation mit meiner Mutter. Diesbezüglich war es unheimlich schwierig, ich wollte das meinem Freund wirklich ersparen.

Meine Mutter beging den größten Vertrauensbruch, als sie in meinen persönlichsten Sachen stöberte, mein Tagebuch und auch meine Briefe fand, den Inhalt las und die Sachen einfach beschlagnahmte. Was war nur mit ihr los, dass sie meine Reife, meine Fraulichkeit nicht anerkennen konnte und mich in sich gefangen hielt?

Die damalige Zeit brauchte all meine Kraftreserven auf, verlangte mir, uns, meiner neuen Partnerschaft, unserer Liebe unendlich viel ab und forderte uns extrem. Ich hätte für meinen Freund völliges Verständnis gehabt, wenn er die Beziehung schnellstmöglich beendet hätte. Die Vorgänge machten beinahe wahnsinnig, waren zermürbend und abnormal. Trotz all der unbeschreiblichen Hürden hielten wir zusammen, hofften auf bessere Zeiten, überstanden gemeinsam diese unguten Jahre. Innigsten Dank für die grenzenlose Liebe, die unermüdliche Ausdauer und den stärkenden Zusammenhalt meines Mannes!

Mein Tagebuch und auch die wenigen Fotos, die ich hatte, waren fast alle weg, wurden von meiner Mutter vernichtet. Der Bruch zwischen uns hatte seinen endgültigen Höhepunkt erreicht.

Bald darauf zog ich mit sehr wenig Hab und Gut in ein gemietetes Zimmer. Hauptsache, fort aus den vier Wänden, meinem »Zuhause«, in dem ich aufgewachsen war und das sich wie ein Narrenhaus anfühlte.

Ein wenig Kontakt hatte ich noch zu meiner Oma, die mir heimlich ein paar Dokumente sicherte. Ich wollte sie mit meinen Problemen keinesfalls belasten, denn sie war an Blutkrebs erkrankt. Trotz ihrer Erkrankung bemühte sie sich, motiviert und aktiv zu bleiben. Sie gab sich ihrem Schicksal nicht einfach so hin. Die Ärzte sprachen von noch etwa fünf zu erwartenden Lebensjahren. Das war keine gute Prognose.

Sie bekam Chemotherapie, von der ihr oft sehr übel wurde. Ich wünschte ihr von Herzen, dass sich ihr Zustand bessern würde. Die Krebserkrankung wurde in den Alltag integriert und sie jammerte nur selten, stellte ihre Ernährung um, blieb hoffnungsvoll, versuchte trotzdem, fröhlich und zuversichtlich zu sein.

Mein jüngster und mein mittlerer Bruder gingen eigene Wege. Sie zogen aus dem Elternhaus aus, während mein ältester Bruder bei meiner Mutter blieb. Ihre Beziehung ist sehr speziell und schwer zu beschreiben. Es geht nicht gut mit-, aber auch nicht ohne einander. Nachdem ich mich abgenabelt hatte, wurde der älteste Sohn zum stetigen Sorgenkind meiner Mutter. Sie führte ihre Lebensaufgabe der Überfürsorge fort und ihr Weg in die Einbahnstraße ging weiter. Regelmäßigen, innigen Geschwisterkontakt hatten wir vier Geschwister nicht zueinander. Wir sahen uns eher selten, jeder kämpfte sich eigenständig durch und gestaltete sich sein individuelles Leben.

Ich war froh, dass ich recht bald in meinem Mietzimmer mein neues Lager aufschlagen konnte, wenn es auch im Keller des Hauses gelegen war. Mein Freund wohnte ganz in der Nähe im Gebäudetrakt für Krankenpflegeschüler. Am ersten Tag meines Einzugs putzte ich stundenlang. Als ich mich am Abend erleichtert und erschöpft zugleich ins Bett sinken ließ, sah ich eine große schwarze Kellerspinne über den roten Teppich laufen. Ich war mittlerweile sehr müde, geschwächt und völlig fertig. Die gesamten Geschehnisse der letzten Tage sogen so viel aus mir heraus, machten mich traurig und kraftlos. Diese Spinne konnte nichts dafür, aber in diesem Moment nervte sie mich enorm und ich hatte keine Energie mehr, sie zu fangen.

Leise schlich ich mich aus dem Haus und stand wenige Minuten später vor der Eingangstür meines Freundes. Obwohl ich wusste, dass er um diese Uhrzeit keinen Damenbesuch haben durfte, musste ich mich von den ganzen Strapazen des Tages, der vergangenen Wochen, Monate und besonders in diesem Moment ein wenig erholen. War es denn verwerflich, sich geborgen und geliebt fühlen zu wollen? Mein Mann war damals siebenundzwanzig Jahre alt und ich zwanzig. Mein Nervenkostüm war mittlerweile sehr dünn geworden und es ging mir seelisch alles andere als gut. Ich befand mich in einer wirklich miesen Verfassung und weinte sehr viel. Manchmal schüttelte es mich in den Armen meines Freundes richtig durch und ich zitterte am ganzen Körper. Ich war in einem Albtraum gefangen und versuchte mit unheimlich viel Mühe, mir einen Weg hinaus zu bahnen, meine Hindernisse zu überwinden, mein junges Leben in den Griff zu bekommen.

Dass meine im Haus alleine lebende Zimmervermieterin nicht nur herzlich und alt, sondern auch bereits dement war, fiel mir anfänglich gar nicht auf. Jedoch spätestens, als ihr Sohn mir etwas beschämt, aber höflich mitteilte, die Familie wünsche keine Vermietungen der alten Dame mehr, musste ich mir eine neue Unterkunft suchen.

Meine Mutter hatte inzwischen herausgefunden, wer mein Freund war und wo er wohnte. Sie stattete nicht nur ihm, sondern auch dem Direktor der Krankenpflegeschule einen Besuch ab und zeigte uns sogar behördlich an. Laut ihrer Aussage würden wir Drogen konsumieren. Wie unsagbar peinlich waren mir doch die gesamten Vorgänge und Zustände. Sprachlosigkeit. Der Horrorfilm schien kein Ende zu nehmen.

Mein Freund mit seinen vielen positiven Charaktereigenschaften wie z. B. Anstand, Ehrlichkeit, Hilfsbereitschaft, Verlässlichkeit ... und ich, wir beide mussten uns einer amtsärztlichen Untersuchung unterziehen, diese absurde Sache über uns ergehen lassen. Der Amtsarzt hatte recht schnell den Durchblick und erkannte die problematische Situation mit meiner Mutter. Irgendwie war es ihm gar nicht recht, aber er musste seinen Job dennoch erledigen und wünschte mir alles Gute.

Wir mieteten bald daraufhin gemeinsam ein Zimmer in einem Privathaus. Diesmal bei einer Vermieterin, die wirklich vermieten wollte, wenn auch zu einem hohen Preis. Da wir die Unterkunft dringend brauchten, waren wir trotz der Kosten froh, diesbezüglich unabhängiger zu sein. Mein Freund bekam während der Ausbildungszeit nur ein wenig Taschengeld und ich stand ganz ohne finanzielle Mittel da. Meine Mutter behielt die Familienbeihilfe für sich, vielleicht hoffte sie, dass ich aus Geldmangel wieder zu ihr zurückkäme. Die spärlichen Alimente meines biologischen Erzeugers musste ich jeden Monat beim Gericht exekutieren lassen. Er wollte schon lange nicht mehr zahlen. Es war eine äußerst anstrengende, zermürbende Zeit, ein grauenhafter Teufelskreis und kein Ende in Sicht.

Während mein Freund seine Ausbildung zielstrebig weitermachte und sich zum Ausgleich mit seinen sportlichen Hobbys beschäftigte, versuchte ich, mich in der letzten Klasse Gymnasium irgendwie über Wasser zu halten. Nicht dass meine Noten, meine Leistungen so schlecht waren, das hätte ich vermutlich bewältigen können. Es ging mir ganzheitlich miserabel, meine Stärke und Energie war weg, verschwunden, ich fühlte mich nur noch dauerhaft erschöpft und kraftlos.

Um zu erfahren, ob und welche finanziellen Unterstützungsmöglichkeiten es für mich als Schülerin gab, suchte ich einen Sozialarbeiter auf. Ich wollte meine Miete und das Wenige, das ich zum Leben brauchte, selbst bezahlen und unabhängig sein. Mein Sozialarbeiter veranlasste einen Geldbetrag von der Sozialhilfe und bestärkte mich, mein Maturajahr fertig zu machen. Ich holte die kleine Summe bei der Bezirkshauptmannschaft ab. Der Beamte schaute mich abwertend an, schmiss das Geld auf den Tisch und fragte, ob ich es denn nun gleich »meinem Zuhälter« bringen würde. Damals war ich einfach nur völlig schockiert, unfähig, darauf zu reagieren und den Mitarbeiter in die Schranken zu weisen. Dieser Situation ausgesetzt gewesen zu sein, diese tiefe Demütigung blieb bis heute ein prägendes, sehr negatives Erlebnis, auf das ich wirklich gerne verzichtet hätte.

Kürzlich betrat ich dieses Gebäude meines Schreckens wieder und mein damaliges Erlebnis war trotz der vergangenen dreißig Jahre erneut sehr nah. Dieser behördliche Vorfall, die Erniedrigung und Verachtung, der unwürdige Umgang mit Menschen in Not stieß auch meinem Sozialarbeiter ziemlich sauer auf.

Für mich stand ganz klar fest: Mit mir nicht mehr! Das Amt kann seine Almosen behalten.

Vier Monate vor der Matura brach ich die Schule ab. Lernen und mich auf Lehrstoff zu konzentrieren war unter all den Umständen schon lange nicht mehr möglich. Mein Kopf drohte täglich zu zerspringen, mein ganzes Wesen war erschöpft, vollgestopft mit traumatischen Erlebnissen, Unverständnis und Resignation. Meine Gedanken kreisten wild, unaufhaltsam, durchgehend durcheinander. Auch wenn mein Partner und ein paar Freundinnen mich zum Weitermachen motivieren wollten, mein Entschluss stand ohne Wenn und ohne Aber fest. Daran gab es nichts mehr zu rütteln.

Auf der Suche nach einer Arbeitsstelle im Sozialbereich machte mich eine Freundin auf einen Praktikumsplatz in einem Pflegeheim aufmerksam. Ich bekam die Stelle und startete bald darauf. Von Beginn an führte ich als Praktikantin selbstständig sämtliche pflegerischen Tätigkeiten durch und verabreichte auch Medikamente. Auf meiner Station wurden Menschen gepflegt und begleitet, deren Lebensende absehbar und nah war. Mein Freund und ich zogen im selben Jahr in der Nähe meiner Arbeitsstelle in ein Zweifamilienhaus, welches uns seine Eltern vermittelten. Die Hausbesitzer waren froh, die Räumlichkeiten an uns vermieten zu können, und wir bekamen einen fairen Mietpreis. Wir renovierten ein paar Sachen und nisteten uns heimelig ein. Der erste Ort, an dem wir uns wirklich daheim fühlten, wo wir angekommen waren. Jetzt hätte Ruhe einkehren können, aber die Ruhe währte nicht lange.

Im anderen Hausteil wohnte die Mutter unserer Vermieterin. Sie war schon etwas vergesslich, in Gesprächen kam es öfters vor, dass sich ihre Erzählungen wiederholten. Manchmal spazierte sie mehrmals täglich zu dem kleinen Lebensmittelgeschäft, um Butter zu kaufen. Sie verlegte auch regelmäßig ihre Schlüssel, läutete an unserer Haustüre und die gemeinsame Schlüsselsuche begann.

Mein, unser Leben pendelte sich nur für kurze Zeit positiv ein und der Lebenssturm ging bald weiter. Meine Mutter war hartnäckig und verfolgte mich immer noch. Sie spionierte unser neues Zuhause und auch meine Arbeitsstelle aus, war davon besessen, sich in mein Leben einzumischen. Wir waren keinen Tag sicher, ob sie nicht plötzlich vor unserer Tür stehen würde. Meinem Arbeitgeber stattete sie einen Besuch ab und erzählte ihm, dass ich schwanger sei. Zu diesem Zeitpunkt war ich es noch nicht.

Aber ein paar Monate später …

KAPITEL 5 –
REHAKLINIK, DRITTE WOCHE

Meine Tischnachbarin berichtet mir, dass diese Woche ihre letzte ist und sie sich bereits sehr auf ihre eigene Umgebung zu Hause freut. Daheim ist eben daheim. Das kann ich nur allzu gut nachvollziehen.

Heute treffe ich wieder meine Reha-Psychotherapeutin. Beim letzten Therapietermin war ihre Vertretung da gewesen und sie hatte vermutet, dass ich die Einrichtung bereits verlassen hätte. Im Verlauf unseres Gesprächs kristallisiert sich klar heraus, dass mir der Aufenthalt hier wirklich nicht guttut. Ich bin sehr froh und zutiefst dankbar, dass sie so viel Verständnis für mich hat. Da Bürokratisches, der Entlassungsbericht des Arztes und ihr eigener noch etwas Zeit benötigen, einigen wir uns auf meine Abreise in drei Tagen. Ich bin unheimlich erleichtert, obwohl ich keine Ahnung habe, wie es mit mir gesundheitlich weitergeht, welche behördlichen Hürden mich erwarten, welche aufgezwungenen Maßnahmen mich weiterhin quälen werden und, und, und. Die Therapeutin nimmt Kontakt mit einer Stelle auf, um anzufragen, ob vielleicht doch eine baldige Einzeltherapie möglich ist. Endlich ist da jemand, der mich hört, meine individuellen Bedürfnisse berücksichtigt, den Feinsinn und das Gespür für mich hat und mich als ganzen Menschen wahrnimmt. Vielen lieben Dank dafür!

Für den nächsten Tag habe ich mich vom Reha-Betrieb abgemeldet, da ich einen Termin im Sozialministerium in Vorarlberg habe. Aufgrund meiner anhaltenden, schmerzhaften, chronischen Leiden stellte ich vor einigen Wochen einen Antrag zur Feststellung zur Zugehörigkeit zum Personenkreis behinderter Begünstigter. Der nette Arzt hat sich meine zahlreichen Befunde bereits angeschaut. Ich freue mich darüber, dass er organisiert ist und den Überblick hat. Ergänzend dazu stellt er noch ein paar Fragen meine aktuelle gesundheitliche Situation und meinen Ist-Zustand betreffend. Er macht den üblichen Routinecheck, hört Herz und Lunge ab und nach etwa einer halben Stunde ist der Termin vorbei. Ein paar Wochen später erhalte ich das postalische Schreiben des Sozialministeriums. Es ist positiv. Dass es einmal so weit kommt, mich an diese Stelle wenden zu müssen, das hätte ich vor den Pandemiejahren niemals für möglich gehalten. Vor der Coronazeit verlief mein Alltag ziemlich normal, war ich meist fit und meine Schmerzen erträglich!

Nach meinem Termin treffe ich mich mit meinem Ehemann. Es ist ein wunderschöner spätsommerlicher Tag. Wir genießen die gemeinsame Zeit und unseren Spaziergang. Ich freue mich, ab dem Wochenende wieder ganz bei ihm und meiner Happy Family sein zu können.

Der folgende Tag beinhaltet sieben Therapieeinheiten. Das Frühstück fällt kurz aus, da ich eine halbe Stunde später bereits die erste Therapie habe. Ich hätte mich nicht beeilen müssen, denn der Praktikant kommt wieder zu spät. Bei der Entspannungsübung, welche er mit unserer Gruppe durchführt, ist es mir unmöglich, mich darauf einzulassen. Es kommt mir alles irgendwie heruntergeleiert vor und auf

Knopfdruck geht bei mir einfach gar nichts. Immerhin gefällt mir die ausgewählte Entspannungsmusik.

In der indikationsspezifischen Gruppe verabschiede ich mich mit ein paar Worten von den Teilnehmern und dem Therapeuten. Ich schildere ihnen kurz, warum ich meine Reha frühzeitig abbreche, und biete der Gruppe an, bereits das heutige Treffen ohne mich durchzuführen. Dies wird einstimmig abgelehnt. Die Teilnehmer möchten, dass ich noch ein letztes Mal mit dabei bin.

Der Therapeut lädt uns ein, im Raum herumzugehen, zu erspüren, ob wir einen anderen Platz einnehmen möchten oder lieber auf dem gewohnten sitzen oder stehen bleiben. Mein Platz ist klar am offenen Fenster, denn draußen ist Freiheit. Ich lasse mir stets ein kleines Stückchen Himmel, einen Notausgang frei. Unser Gruppentherapeut bittet die Anwesenden, sich zu überlegen, welche Wünsche und Erwartungen sie an die nächsten Therapien, an die urlaubsbedingte Vertreterin haben?

Eine Patientin berichtet über ihren Zustand. Sie sei mit nur einem Aufarbeitungsthema in die Klinik gekommen und jetzt seien plötzlich ganz viele andere aufgebrochen. Aktuell hänge sie in Fetzen da. Das tut mir sehr leid für sie, dass ihr Rucksack nun schwerer ist als vorher. So gut gemeint und für manche bestimmt auch hilfreich die Gruppentherapien sind, nicht jeder ist dafür geeignet. Manchen ist es schlichtweg viel zu viel. Ich kann die Gefühle und den Zustand der Patientin jedenfalls sehr gut nachempfinden.

Beim anschließenden Abschlussgespräch mit dem Facharzt ist eigentlich alles klar. Er notiert sich noch ein paar Dinge für seinen eigenen Abschlussbericht und hat den Bericht von meiner Psychotherapeutin bereits erhalten.

Erklärungen bedarf es keiner mehr und er wünscht mir alles Gute. Dasselbe wünsche ich auch ihm und dem gesamten Reha-Team, das den Betrieb aufrechterhält.

Im Speisesaal ist es zu Mittag ziemlich turbulent, es scheinen einige neue Patienten angekommen zu sein. Am Nachmittag bin ich zur Schlingentherapie eingeteilt. Diese Therapieform kannte ich bis jetzt noch gar nicht.

Weiters habe ich ein allerletztes Gespräch mit meiner Psychotherapeutin. Sie fragt, ob bezüglich des Briefes an die PVA noch Änderungen oder Ergänzungen meinerseits nötig sind, und hofft, dass ich jetzt endlich einmal in Ruhe gelassen werde. Ich schätze ihre Art und Weise, mit mir als Patientin umzugehen, wirklich sehr.

Meine Tischnachbarin und ihr Ehemann sind in Aufbruchstimmung und wir verabschieden uns. Ich wünsche ihr, dass sie bald wieder vollständig zu Kräften kommt und selbstständig gehen kann. Durch die liebevolle, geduldige Betreuung und Fürsorge ihres Mannes scheint mir, dass dies bestimmt gelingen wird.

Dann schaue ich noch kurz bei der Ergotherapie vorbei, hole meinen geflochtenen Korb und mein sehr spontan gemaltes Coverbild für mein Buch ab. Bei der Überarbeitung meines Manuskriptes entscheide ich mich dann jedoch für ein anderes Cover. Von meiner Absicht, ein Buch zu schreiben, weiß zu diesem Zeitpunkt niemand.

Ob ich diesem Experiment gewachsen bin, meine zutiefst einschneidenden Erlebnisse der Zusammenstöße in der Pandemiezeit mit meiner ganzen Lebensgeschichte preiszugeben? Ob ich mit der Verschriftlichung und Auseinandersetzung mit meinen höchst persönlichen Erinnerungen konfrontiert werden möchte, und schlussendlich, ob ich überhaupt durchhalten kann, wird sich zeigen. Immer wieder dazu inspiriert und motiviert haben mich meine zwei innigst geliebten, herzensguten Töchter. Wahrscheinlich spüren sie, dass ich vieles zu sagen habe und mithilfe von Worten in meiner eigenen Lebensrückschau einen Teil meiner Gedanken befreien kann. Da ich mich schon lange in diesem Labyrinth befinde, ist es vielleicht wirklich eine Chance, Vergangenes endgültig ziehen zu lassen und mich Neuem zu öffnen.

Die letzten Patientenbögen fülle ich ermattet aus und berichte in meinen Feedbackzeilen mein Fazit über meinen Aufenthalt in diesem Rehazentrum; über Gelungenes und Verbesserungswürdiges. An diesem letzten Tag vor meiner Heimreise nehme ich noch mit letzter Kraft so gut wie möglich an den Therapien teil.

Somit ist meine ursprünglich sechswöchig geplante Reha bereits nach circa der Hälfte der vorgesehenen Aufenthaltsdauer beendet. Ich bin noch erschöpfter als zuvor.

Hoffentlich ist nun besserer Schlaf und auch ein insgesamt stabilerer Allgemeinzustand in meinen eigenen vier Wänden möglich. Endlich ein wenig zur Ruhe kommen zu können habe ich dringend nötig. Ich freue mich auf meine gewohnte Umgebung, sehne mich nach meinen vertrauten Herzensmenschen und Tieren, liege gedanklich bereits in meinem wohlig feinen Wasserbett.

Im Jänner 2024 konfrontiert mich die Pensionsversicherungsanstalt erneut mit Begutachtungsterminen. Der behördliche Hürdenlauf, den ich als unmenschlich und völlig zermürbend erlebe, geht schonungslos weiter.

Mein Wunsch, ein wenig zur Ruhe kommen zu können, war nur ein flüchtiger Gedanke …

Dennoch versuche ich, den Kopf nicht in den Sand zu stecken.

Für meinen Gesundheitszustand, der sich besonders durch die Pandemiemaßnahmen massiv verschlechtert und chronifiziert hat, gibt es immer noch keine hilfreiche Anlaufstelle. Irgendwie werde ich mein Gefühl, dass unser System gegen die Gesundheit der Bürger arbeitet, nicht mehr los.

Meine E-Mails an sämtliche Politiker, die diesen Schlamassel angerichtet haben, bleiben vielfach unbeantwortet. Für die krank machenden Vorgänge und den Bürgerterror, der mit Druck und Zwang ausgeführt wurde, der gesunde Menschen in Angst und Panik versetzte, fühlt sich niemand zuständig, schon gar nicht verantwortlich.

Es gibt nicht nur Post-Vac- und Long-Covid-Opfer, sondern auch Maßnahmengeschädigte …

KAPITEL 6 –
ERWACHSENENALTER

Nach ein paar Monaten im neuen Zuhause wurde ich schwanger. Ein besonderes Gefühl, das sich in mir, in meinem Körper bemerkbar machte und das ich intensiv wahrnahm. Ein Gynäkologe bestätigte, was ich bereits tief in meinem Inneren spürte. Ich erwartete das großartigste Wunder des Lebens, ein Kind! Während ich weiterhin meine Praktikumsstelle im Pflegeheim hatte, standen meinem Partner noch ein paar Monate in der Ausbildung zum Diplompfleger bevor. Die Voraussetzungen für Familienzuwachs waren finanziell, beruflich, wohnlich und zeitlich betrachtet nicht gerade die optimalsten. Dennoch freute ich mich vom allerersten Moment an, eine winzig kleine Erdenbürgerin zu erwarten. Dass wir es irgendwie schaffen würden, da waren mein Freund und ich uns ganz sicher.

Die Freude anderer war begrenzt. Ich brauchte sie auch nicht. Nicht den Zuspruch meiner Mutter und auch nicht den der Eltern meines Mannes. Ich tat das, was ich für richtig hielt. Mein Herz leitete mich und ich war von Anfang an von meinem ungeborenen Kind begeistert.

Durch vielerlei Erfahrungen und Erlebnisse in meinem Leben hatte ich gelernt, mich selbst durchzuschlagen, Verantwortung zu übernehmen, gerade zu stehen und eigene Entscheidungen zu treffen.

Als meine Mutter von meiner Schwangerschaft erfuhr, geriet sie außer Rand und Band. Für sie war ich immer noch ihre kleine Tochter, die doch unmöglich selbst ein Kind haben konnte. Es gab in ihren Augen auch keinen einzigen Mann auf der Welt, der es ehrlich meinte. Die Tatsache, dass ich in meinem Leben eigene Entscheidungen traf, dazu gehörten auch die Liebe zu meinem Freund, die ungeplante Schwangerschaft und die Geburt meiner Tochter, brachte sie beinahe um den Verstand. Der Kontakt wurde gänzlich abgebrochen. Wir sahen uns lange nicht mehr, nicht während der Schwangerschaft, nicht nach der Geburt, nicht in den ersten neun Lebensmonaten meiner Tochter.

Meine Schwangerschaft verlief nicht gerade beschwerdelos, mir war beinahe durchgehend übel und mehrfaches Erbrechen gehörte täglich zu meinem Alltag. Es gelang mir, diese Nebensächlichkeit irgendwie zu integrieren. Mein Freund musste während unserer Autofahrten häufig abrupt bremsen, damit das Erbrochene, meist war es nur Galle, nicht im Auto landete. Besonders viel Mühe machte mir die Übelkeit während meiner Arbeit auf der Pflegestation. Bei der Essenseingabe an die Bewohner rannte ich öfters schleunigst zu Waschbecken oder WC und übergab mich. Ich war sehr geruchsempfindlich, und als es einmal pürierte Rinderzunge gab, widerte mich das völlig an. Die Abneigung gegen Fleisch, die ich als Vegetarierin bereits schon lange hatte, verstärkte sich in dieser Zeit. Besonders den Geruch von Leberkäse und Fisch ertrug ich gar nicht.

Unsere Vermieterin besuchte uns manchmal, um etwas zu besprechen. Als wir ihr erzählten, dass wir Nachwuchs erwarteten, fragte sie spontan, was uns denn am Heiraten hindern würde. Außer dass unsere Liebe recht jung war, sich mein Mann noch in seiner Ausbildung als Diplomkrankenpfleger befand, wir zur Miete wohnten, finanziell stark haushalten mussten und die Familienverhältnisse unheimlich verworren waren, sprach nichts dagegen.

1993 gaben wir uns in kleinem Rahmen als glückliches Liebespaar und pflichtbewusste Eltern in Erwartung unserer ersten Tochter auf dem Standesamt das Jawort. Großartige Geburtsvorbereitungen und Baby-Einrichtungspläne hatten wir keine. Was gerade in Mode war und was nicht, spielte für uns eine untergeordnete Rolle. Für Gebrauchtes waren wir dankbar. Es musste lediglich seinen Zweck erfüllen. Ich fragte mich oft, wie unsere Ahnen es schafften, ihre Kinder großzuziehen. Die Werbung versucht mit allen Mitteln, uns zu suggerieren, dass das Überleben scheinbar nur mit den modernsten und teuersten Utensilien möglich ist. Wer beim Markenwahn nicht mitmacht, ist offenbar out.

Dem Geburtstermin sahen mein Mann und ich ziemlich gelassen entgegen. Einmal nahmen wir an einem Geburtsvorbereitungskurs teil, der uns überhaupt nicht zusagte. Wir meldeten uns umgehend wieder ab. Eines Nachts machten sich erste Wehen bemerkbar. Ich dachte anfänglich, es handle sich um Bauchschmerzen. Die Krämpfe wurden immer stärker und die Geburt rückte näher. Schlussendlich fuhren wir mit Feuerwehrtempo in das Krankenhaus. Kaum angekommen, ging es bereits los und ich kann mich glücklich schätzen, eine Schnellgebärende zu sein.

Als wir das kleine große Wunder, unseren ersten Sonnenschein, der Ende 1993 zur Welt kam, betrachteten, waren wir überwältigt von Glücksgefühlen. Leider stimmte etwas mit den Babyfüßchen nicht. Unsere winzig kleine Erdenbürgerin mit 49 cm Größe und 2.750 Gramm Gewicht war mit stark ausgeprägten Klumpfüßen zur Welt gekommen. Am gleichen Tag noch bekam unsere Tochter beidseitige Gipse. In der ersten Spitalsnacht war ich irgendwie glücklich und traurig zugleich, so viel Neues brach über mich herein. Einerseits war ich von Glück überwältigt, dass dieses wunderschöne einzigartige Geschöpf mein und unser Kind war, gleichzeitig auch traurig, dass meine eigene Mutter nicht an diesem Wunder teilnahm. Zudem belastete mich, dass ich keine Ahnung hatte, was uns in Bezug auf die körperliche Behinderung unseres Babys erwartete. Unser Goldschatz wurde im Laufe der kommenden Tage von mehreren Ärzten begutachtet. Deren unterschiedliche Meinungen irritierten mich völlig. Dass sich nicht einmal die Fachleute über die weitere Vorgehensweise einig waren, beunruhigte mich. Als ich in der ersten Nacht nach der Geburt am Fenster meines Wochenbettzimmers stand, schneite es zum ersten Mal. Dicke weiße Flocken wirbelten vor der Scheibe durch die Dunkelheit. Und über meine Wangen rannen mindestens ebenso große Tränen.

Weinen macht frei. Es war mir klar, dass eine anstrengende Zeit vor uns lag, die mein Mann und ich alleine zu managen hatten. Wir trugen für unser Baby die alleinige Verantwortung und dieser Aufgabe stellten wir uns mit all unserer Liebe, Fürsorge und Kraft.

Es folgten einige beschwerliche Jahre. Operationen, Gipse, Schienen bei Tag und Nacht, Schmerzen, Schlaflosigkeit, Spitalsaufenthalte, Therapien, Meinungsverschiedenheiten, Beharrlichkeit, Gefühlschaos.

Die Löwenmutter in mir erwachte. Unser Baby hatte die erste Operation im Alter von drei Monaten, baden konnten wir nur im Spital beim Gipswechsel. Auf Gipse folgten Schienen, die lange Zeit Tag und Nacht getragen werden mussten. Bis zum Alter von fünf Jahren schlief unsere Tochter keine einzige Nacht durch, was besonders im Babyalter herausfordernd war. Ob das kleine Wesen von nächtlichem Hunger, sie trank immer nur ein paar Schlückchen Milch, oder von Schmerzen geplagt wurde, lernten wir bald zu unterscheiden. Natürlich waren wir froh, dass es orthopädische Möglichkeiten gab und unser Kind nicht gehunfähig blieb. Wir machten jedoch auch die Erfahrung, dass dieser kleine Mensch nicht als ganzheitliches Geschöpf wahrgenommen wurde.

Als ich einmal einen der behandelnden Fachärzte fragte, ob eine physiotherapeutische Unterstützung vielleicht hilfreich wäre, den Allgemeinzustand zu verbessern, dem Kind etwas Gutes zu tun, die Füßchen therapeutisch zu bewegen, sie fein zu massieren, war die Antwort, dass dies nichts bringe. Als ich dann eigeninitiativ mit einer Physiotherapeutin vom aks (Arbeitskreis für Vorsorge und Sozialmedizin) Kontakt aufnahm, meinte diese, warum wir denn erst jetzt zu ihr kämen? So konträr, nicht zusammenspielend war und ist unser System.

Zeitlich verbrachten wir bei den Kontrollterminen gefühlt mehrere Urlaube im Krankenhaus, es konnte gut sein, dass Ärzte Notfälle hatten, Privatpatienten vorzogen oder Pausenzeit machten. Wenn mein Mann arbeitete, waren außer unseren eigenen Kindern öfters auch noch meine Tageskinder dabei. Spielecken gab es damals im Landeskrankenhaus keine und es war schwierig, die Kleinen so zu beschäftigen, dass der Lärmpegel den anderen wartenden Patienten nicht zu viel wurde. Mit den Meinungen der Ärzte ging ich nicht immer konform, eigentlich eher selten. Während es ihnen meist nur um Operationen ging, suchte ich auch andere Möglichkeiten, meiner Tochter irgendwie Gutes tun zu können. Insgesamt musste sie bis zum Alter von fünf Jahren sieben Operationen über sich ergehen lassen, eine davon auch im HNO-Bereich. Sie hatte ständig Infekte, Hautausschläge, einmal auch Gürtelrose. Selbst Antibiotika zeigten keine Wirkung mehr. Sie verschlechterten ihren Zustand eher noch. Heute würde ich die zahlreich verordneten Medikamente hinterfragen und auch einige davon ganz ablehnen.

Selbstverständlich begleitete ich unser Kind zu allen Terminen und blieb mit im Krankenhaus. Unsere Tochter hatte keine Wahl und musste all das über sich ergehen lassen, sie war äußerst tapfer und zeigte viel Durchhaltevermögen. Im Alter von fünf Jahren suchten wir bei der VGKK (Vorarlberger Gebietskrankenkasse) um eine Kinderkur an. Unser Kind sollte nach all den Strapazen auch einmal rundum verwöhnt werden. Vielleicht würde eine dreiwöchige Kur dabei behilflich sein, ihren Zustand ein wenig zu verbessern und sie ganzheitlich mehr zu stabilisieren. Das behördliche Prozedere rund um diesen Kinderkurantrag machte uns sehr zu schaffen. Ich wurde fast wahnsinnig. Wir erlebten mit der VGKK völlig absurde Vorgänge, Unfreundlichkeit und Inkompetenz. Kinderkuren gab es damals nur in Bad Gleichenberg in der Steiermark. Da die Gebietskrankenkasse in Vorarlberg dieses Kurkonzept nicht kannte, wollte man es auch nicht genehmigen. Die Abfertigungsversuche und Vorgangsweisen waren unglaublich!

Nach langer hartnäckiger Intervention bekamen wir endlich die Zustimmung. Dass es bei einem fünfjährigen Kind einer Begleitperson bedarf, versteht sich wohl von selbst. Nicht jedoch für die VGKK. Je nach der Stelle, an der der Vertrauensarzt auf dem Kurantrag das Kreuzchen machte, wurde auch darüber entschieden, ob mehr oder weniger Tagsatz zu bezahlen war. Ich hatte das Gefühl, im falschen Film zu sein. Die Krankenkasse war offensichtlich der Meinung, dass wir einen von ihnen finanzierten Familienurlaub machen wollten. Besonders meine Wut war riesengroß und ich ließ mir das nicht gefallen. Der Kampf mit der VGKK lohnte sich schlussendlich und alles bekam seine Richtigkeit. Ich fragte mich manchmal, warum immer ich diejenige war, die Missstände aufzeigte und sich unermüdlich für deren Behebung und für gerechtere Abläufe einsetzte. Die Geschichte mit der VGKK war jedenfalls sehr negativ, eine weitere ungute Erfahrung mit einer Behörde.

Mein Kampfgeist blieb bestehen.

Für eine gute Sache, für Gerechtigkeit einzustehen lohnt sich und raubt gleichzeitig sehr viel Energie.

Mein Ehemann arbeitete inzwischen mehrere Jahre als Diplomkrankenpfleger, anfangs in einem Krankenhaus und nach einigen Jahren in einem Pflegeheim. Er übernahm eine Zeit lang auch die Stationsleitung. Neben seinem Beruf, für den er mit all seinen mitmenschlichen Fähigkeiten mehr als berufen war, gehörten sein Herz und seine Liebe fortan unserer kleinen Familie. Fürsorglich kümmerte er sich um unser aller Wohlergehen.

Sein Kontakt zu seiner Herkunftsfamilie, zu seinen Eltern und Schwestern war immer gut, er stand ihnen emotional nahe. Die Biografie meines Partners war völlig anders als die meine. Bei Familienfesten mit seinen Verwandten fühlte er sich immer wohler als ich, mir waren sie manchmal zu viel.

Unsere Beziehung wurde von Beginn an von tiefen Werten getragen. Unsere gleichgesinnten Seelen haben einander berührt, sind innigst verbunden und spielen bis heute die gleiche Lebensmelodie. Ich bin unendlich dankbar, als irdisches Wesen einen Großteil meines Weges mit meinem Mann und unseren Kindern gehen zu dürfen, ihnen begegnet zu sein.

Als unser erstes Kind knapp ein Jahr alt war, hatte eine Freundin die Idee, dass wir meine Mutter besuchen könnten. Sie war der Meinung, dass die eisige Kälte mit anhaltender Funkstille vielleicht ein wenig auftauen würde, wenn die Oma ihre kleine Enkelin sähe. Meine Mutter arbeitete damals in einem Geschäft. Sie an ihrer Arbeitsstelle anzutreffen war am wahrscheinlichsten. Als die Enkelin der fremden Oma zum ersten Mal ihre kleinen Händchen entgegenstreckte, wurde sie von ihren Emotionen überwältigt. Sie suchte in einem Nebenraum Zuflucht. Ich ließ sie in Ruhe.

Die zweite Begegnung war nur wenige Tage später im Krankenhaus. Meinem ältesten Bruder ging es wieder einmal ziemlich schlecht. Er wohnte schon lange bei unserer Mutter. Sie mischte sich stark in sein Leben ein, das er vermutlich ohne ihre Hilfe nicht bewältigte. Die Situation war völlig absurd, eingefahren, schwer zu beschreiben.

Mein mittlerer Bruder motivierte mich zu dem Krankenbesuch, in dem Wissen, dass die Mutter anwesend sein würde. Da die gesamten Zustände unserer Herkunftsfamilie auch ihn belasteten, wollte er mit dem Treffen die Wogen etwas glätten und uns einander näherbringen.

Als sie ihre Enkelin sah, schloss sie sie gleich in ihre Arme. Ihre geschienten Füßchen bewegten sie zu Mitleid. Auch wenn ich nichts sagte, so dachte ich mir, dass sie ganz viel rund um die Krankengeschichte meiner Tochter, ihrem ersten Enkelkind, gar nicht mitbekommen hatte. Obwohl ich wusste, dass diese Frau mir viel Leid beschert hatte, wollte ich ihr als Großmutter dennoch eine Chance geben, hatte ich die Hoffnung, dass sie ihre Krankhaftigkeit und Verbitterung ein wenig ablegen und erkennen könnte, dass das Leben auch Schönes beinhaltet.

Mein Ehemann ist der charaktervollste Mensch, den ich in meinem Leben zur Seite haben darf. Dass auch er seiner Schwiegermutter trotz all der Steine, die sie uns in den Weg gelegt hatte, eine Chance gab, machte mir in Sachen Mutter-, Schwiegermutter-, Großmutter-Beziehung etwas Hoffnung.

Als wir meine Mutter zum ersten Mal gemeinsam besuchten, war sie zuvor sehr aufgeregt, überlegte zusammen mit meiner Großmutter, was sie meinem Mann denn Gutes kochen könnte.

Fortan verwöhnte sie unsere erste, später auch unsere zweite Tochter, als wollte sie die verlorene Zeit nachholen. In meiner eigenen Mutterrolle wurde ich von ihr nicht besonders ernst genommen. Obwohl mich das kränkte, ließ ich es zu. Durch ihre Enkelkinder gelang eine oberflächliche Annäherung. Sie blühte auf, angespornt durch das Temperament ihrer Enkeltöchter, machte mit ihnen zahlreiche Ausflüge und verbrachte viel Zeit mit ihnen.

Die Eltern meines Mannes besuchten wir eher selten, meiner Wahrnehmung nach war ihnen die Lebendigkeit der Enkelinnen zu anstrengend. Obwohl ich wusste, dass sie uns im Notfall jederzeit unterstützen würden, blieb meine Beziehung zu ihnen eher distanziert. Tiefe Gespräche führte ich weder mit ihnen noch mit meiner eigenen Mutter. Während der Krankengeschichte unseres ersten Kindes waren sie als Großeltern nicht besonders präsent. Was jedoch Geburtstage und andere Festlichkeiten betraf, so zählten sie stets zu den treuen Gästen und trugen mit selbst gebackenem Kuchen und Gebäck zum kulinarischen Erfolg bei. Einladungen nahm meine Mutter nie an, sie blieb Feierlichkeiten immer fern. Dass mein Ehemann ein absolut liebenswerter, anständiger, sehr hilfsbereiter und zuverlässiger Mensch ist, stellte sie bald fest. Er hatte bei ihr eine Zeit lang einen besonderen Status. Was mich betraf, so konnte sie es sich nicht verkneifen, weiterhin abwertende Bemerkungen zu machen.

Wenn die Kinder bei ihr waren, fanden wir als Ehepaar etwas Zeit für uns. Gerne nahmen wir unsere Töchter auch zu Unternehmungen mit. Jeden Donnerstagabend engagierten wir zudem eine Babysitterin, um uns gemeinsam zum Volleyball mit unseren Vereinskollegen treffen zu können. Mein Mann war bereits viele Jahre der Trainer, spielte zudem auch in anderen Vereinen Volleyball- und Tischtennismeisterschaften.

Durch die Geburt unseres zweiten Sonnenscheins Anfang 1996 durften wir ein weiteres Mal am schönsten Wunder des Lebens teilhaben. Als unsere zweijährige erstgeborene Tochter und ich uns eines Morgens mit Bauklötzen beschäftigten, setzten bei mir die Wehen ein. Wie bei der ersten Geburt eilte die Fahrt ins Krankenhaus plötzlich sehr. Da alles so schnell ging, blieb keine Zeit mehr, um unsere zweijährige Tochter in die Obhut ihrer Großmutter zu geben. So blieb sie während der gesamten Geburt ganz nah dabei, unterstützte mich beim Atmen und Durchhalten. Mein Mann und sie machten das wirklich toll und ich war unheimlich stolz auf sie.

Von diesem besonderen Familienerlebnis sprach unsere zweijährige Tochter noch häufig.

Mit diesem weiteren wunderbaren und einzigartigen Wesen, das 49 cm groß war und 2.930 Gramm wog, wurden wir erneut reich beschenkt. Unser Glücksgefühl war wieder riesengroß! Wir fühlten uns als Paar, als Eltern, als Familie innigst verbunden und waren sehr glücklich.

Während mein Mann mit seinem Einkommen als Diplompfleger unser finanzieller Manager war, steuerte ich einen Beitrag als ausgebildete Tagesmutter bei. Geld spielte in meinem Leben nie eine wichtige Rolle. Ich befasste mich nicht gerne mit dem Thema Finanzen. Es graute mir davor, mich mit Geld in all seinen verwaltungstechnischen Aspekten beschäftigen zu müssen. Umso dankbarer und wirklich froh war ich, dass mein Mann stets den vollen Überblick behielt und sich darum kümmerte.

In unserem Mietshaus war drinnen und draußen meist viel los, gerne gesellten sich auch Nachbarskinder und Freunde zu unseren eigenen Kindern. Dass an unserem Tisch täglich eine ganze Kinderschar saß, war ganz normal. Tageskinder, Freunde, Nachbarskinder, Verwandte, alle waren herzlich willkommen. Wir verbrachten sehr viel Zeit an der frischen Luft, unternahmen wetterunabhängige abenteuerliche Ausflüge und machten in den Sommerferien erlebnisreiche Campingurlaube. Schwimmen gingen wir immer zum nahe gelegenen Natursee im Wald. Die Kinder hatten dort ein richtiges Spielparadies. Und das ohne

Eintrittsgebühr. Mit Steinen, Matsch, Wasser, Sand und Erde konnten sie sich sehr lange beschäftigen und all ihre Sinne vertiefen. Dem öffentlichen Schwimmbad blieben wir fern, der Chlorgeruch und die Menschen, die ähnlich einer Ameisenkolonie herumwimmelten, schreckten uns ab. Besonders schätzten wir unseren großen Garten, er bot unseren und allen Besuchskindern zahlreiche wertvolle Spielmöglichkeiten. In der Berührung mit der Natur lebten sie ihr kindliches Spiel, ihre Kreativität und Schaffenskraft ausgiebig aus. Die Jahreszeiten spielten dabei keine Rolle. Wir machten Regentänze, Fackelspaziergänge, bauten Wald- und Schneehütten, schliefen im Zelt, schnitzten Holzkreaturen, spannten selbst gemachte Bögen und fertigten Pfeile, ließen Drachen steigen, machten Tannenzapfen-, Schlamm-, Blätter- und auch Schneeballschlachten, stauten mit Steinen Bachläufe, ließen die selbst gefertigten Schiffchen im Wasser fahren, malten Steine an, kletterten auf Bäume und balancierten auf Mauern, kreierten mit Gänseblümchen und Waldreben Kränze, werkten mit Ton, pressten Blätter und Blumen, machten Blätterhaufen …

Die Natur nicht mit Müll zu beschmutzen und die Tierwelt stets gut zu behandeln, sie zu schützen und sorgsam damit umzugehen war für uns und unsere Kinder von Beginn an eine Selbstverständlichkeit. Alles, was für eine gesunde, gute Entwicklung wichtig ist, machte sich in der natürlichen Umgebung bemerkbar, war teilweise direkt vor der Haustüre vorhanden und prägte neben sämtlichen unumgänglichen Terminen und Verpflichtungen unseren Familienalltag. Den sportlichen Aktivitäten wie dem Erlernen des Radfahrens, des Schwimmens, auf Skiern zu stehen, Rollschuhfahrens oder Eislaufens widmete sich meistens mein Mann. Er verbrachte mit seinen beiden Töchtern viel Zeit, bewies bei ihrer spielerischen Förderung beachtliche Geduld und Ausdauer.

Unsere Kinder besuchten bereits im Volksschulalter die Musikschule, übten sich im Geige-, Cello- und Klavierspielen, waren beim Kinder- und Jugendchor, sangen später auch im Chor des Musikgymnasiums und im Konservatorium. In unserer Familie musizierten wir öfters zusammen und wurden für die eine oder andere Veranstaltung engagiert.

Zweimal wöchentlich ging unsere ältere und später dann auch unsere jüngere Tochter im Alter von ungefähr drei Jahren in eine Spielgruppe. Immer häufiger berichteten Eltern, dass es nicht genügend Plätze gäbe und die Warteliste sehr lang sei. Dadurch entstand meine Idee, in unserem Stadtteil eine zweite Spielgruppe zu gründen. Ich erkundigte mich bei der Gemeinde nach den gesetzlichen Vorgaben für einen Spielgruppenbetrieb. Von meiner Idee erzählte ich auch der Leiterin der bestehenden Spielgruppe. Anfangs belächelte sie mein Vorhaben. Als ich es dann verwirklichte, benahm sie sich sehr ungut und unprofessionell. Sachlich mit ihr darüber zu sprechen war nicht möglich. Meine Betonung lag stets darauf, mich nicht als Konkurrentin, sondern als Ergänzung zu ihrem bestehenden Angebot zu betrachten. Der Bedarf an mehr Betreuungsplätzen war ja sichtlich vorhanden.

Ich absolvierte die Ausbildung zur Spielgruppenbetreuerin, vernetzte mich mit der Servicestelle für Spielgruppenleiterinnen und bildete mich im pädagogischen Bereich kontinuierlich fort. Meine Lehrgänge besuchte ich immer sehr gewissenhaft und erledigte meine Aufgaben äußerst sorgfältig. Durch meine zahlreichen Aus- und Fortbildungen konnte ich nicht nur praktische Kompetenz, sondern auch fachliche Befähigung vorweisen. Ich freute mich riesig, mein umfangreiches Projekt zu verwirklichen, meine eigene Spielgruppe zu gründen und zu leiten. Da ich meine Einrichtung integrativ führen wollte, nahm ich auch an vielen Fortbildungen teil, die diese Thematik beinhalteten.

Eines Abends stattete mir die Spielgruppenleiterin im Beisein meiner Familie einen unangekündigten Besuch ab. Sie brachte die Hausschuhe unserer Tochter mit, warf sie vor uns auf den Boden und teilte uns mit sehr lauter Stimme wütend mit, unsere Tochter ab diesem Tag nicht mehr in ihrer Einrichtung zu betreuen. Als Grund nannte sie, über mein Vorhaben zu wenig informiert worden zu sein. Unsere dreijährige Tochter weinte und auch ich konnte die Tränen nicht mehr zurückhalten, war wie erstarrt. Mein Mann versuchte die Lage zu entschärfen und zu schlichten, es gelang nur wenig. Dass die Pädagogin so aufgebracht war, dermaßen aufbrausend sein konnte, schockierte uns.

Zuerst dachte ich daran, mein inzwischen gereiftes Projekt wieder abzublasen. Meine Familie und unsere Freunde bestärkten mich jedoch darin, es jetzt erst recht durchzuführen. Mein Mann und ich hatten bereits unzählige Stunden investiert. Am schlimmsten traf mich, dass meine jüngere Tochter von heute auf morgen vor die Tür gesetzt und von ihrer eigenen Betreuerin ausgesperrt und ausgegrenzt wurde.

Als sie ein paar Monate später ihren ersten Kindergartentag hatte, waren ihre herzzerreißenden Worte: »Mama, darf ich hier schon bleiben, muss ich hier nicht wieder weg?« Mir fuhr es durch Mark und Bein, wie tief meine Tochter sich noch an den sehr kränkenden, unpädagogischen Vorfall erinnerte.

Dieses Erlebnis prägte meine Beziehung zu meinen eigenen und zu den mir zahlreich anvertrauten Kindern in meinem privaten und meinem beruflichen Bereich noch stärker. Kinderseelen sind zu beschützen, behutsam zu behandeln, mit liebevollem Vertrauen und Achtsamkeit zu bewahren. Dass es leider auch pädagogisch Tätige gibt, die für ihren Job nicht geeignet sind, zeigte mir die Geschichte bei Gründung meiner eigenen Spielgruppe. Auch weitere Ereignisse im gesamten Berufsleben bestätigten es immer wieder.

Um meine neue Spielgruppe bekannt zu machen, verteilte ich in der Gemeinde ein paar DIN-A4-Eröffnungsplakate. Wann immer es für Entwürfe, Briefe oder Formulare Know-how am Computer brauchte, mein Mann eignete es sich an und unterstützte mich bei allem großartig. Aus Holz baute er selbst Kindermöbel, Tische und Stühle. Gemeinsam richteten wir in unserem Mietshaus den großen Raum für die neue Spielgruppe ein. Eine Freundin berichtete mir eines Tages, dass mein Eröffnungsplakat im Kindergarten nicht mehr da war. Ich kontaktierte die Kindergartenleiterin. Sie teilte mir mit, es wieder aufzuhängen, sobald die Leiterin der bereits bestehenden Spielgruppe auch ein Plakat vorbeibringen würde. Sie hätten das so ausgemacht. Ich sagte ihr, dass sie meines nicht mehr aufhängen müsse. Ich wollte mich diesem kindischen Getue entziehen. Im Laufe der nächsten Tage befanden sich an sämtlichen Stellen, an denen ich meine Eröffnungsblätter im Wohnort platziert hatte, größere, farbigere Plakate, die die Betreuerin der anderen Spielgruppeneinrichtung erstellt und verteilt hatte. Es wurde noch aufreibender. Am Eröffnungsinfotag meiner neuen Einrichtung fanden sich zwei Betreuerinnen aus anderen städtischen Spielgruppen bei mir ein, um mich vor den anwesenden Besuchern bloßzustellen.

Dies machte mich zwar erneut sprachlos und auch traurig, spornte mich jedoch gleichzeitig noch mehr an, meine Gruppen mit ganzem Herzen, mit Hirn und Verstand zu leiten. Ich wandte mich an die Ortsvorsteherin der Gemeinde. Mein großes Anliegen war, einfach nur in Ruhe gelassen zu werden. Eine jede Leiterin sollte sich auf ihre eigene Arbeit mit den Kindern konzentrieren. Zudem wollte ich im Dorf Frieden haben, denn diese Geschichte zog allmählich ungute Kreise. Manche Mütter, die ihre Kinder in der anderen Spielgruppe hatten, grüßten mich plötzlich nicht mehr. Ich sammelte mit Hilfe meiner Familie all meine Energie, um mich dennoch fokussiert meiner neuen Aufgabe widmen können. Während die Ortsvorsteherin sich nicht einmischen wollte, organisierte die städtische Koordinatorin für Kinderbetreuung ein Treffen und versuchte, ein wenig zu schlichten. Dies brachte leider nicht den erwünschten Erfolg, die einseitige Rivalität blieb.

Meine Gruppen waren all die Jahre voll belegt und die Rückmeldungen der Eltern bestätigten, dass sie mit meiner Arbeit sehr zufrieden waren. Mit der unermüdlichen, großartigen Hilfe meines Mannes, meinen eigenen Kindern und den Spielgruppenfamilien unterstützten wir mehrere soziale Projekte. Zu unseren jährlichen Laternenlichtfeiern waren besonders die Volksschulkinder und auch andere interessierte Familien aus dem Dorf eingeladen. »Tragt in die Welt nun ein Licht« – ein Gedanke, den man nie vergessen sollte.

Ein besonderer Jahreshöhepunkt war immer der Kinderfasching, den ich initiierte und jahrelang mit meiner Familie und der Spielgruppe durchführte. Diese Veranstaltung zu planen, zu organisieren und abzuhalten verschlang unheimlich viel Zeit, Organisationstalent und Engagement. Sie war sehr aufwendig. Dass es sich lohnte, zeigte sich im Erlös, den wir gänzlich Sozialprojekten zukommen ließen. Unser eigener Gewinn bestand darin, einer Hilfsorganisation einen Tropfen auf dem heißen Stein schenken zu können. Ein jeder Tropfen hilft, Not und Elend zu lindern. Unser Kinderfasching wurde später vom Elternverein übernommen und weitergeführt, es freut mich sehr, dass es ihn immer noch gibt.

Das Land Vorarlberg förderte meine private Spielgruppeneinrichtung mit einem jährlich festgesetzten Betrag. Die anderen Einrichtungen waren alle auch privat, wurden ebenso vom Land und noch zusätzlich von der Gemeinde gefördert. Ein paar Eltern meiner Einrichtung organisierten eine Unterschriftensammlung, um auch für meine Einrichtung eine städtische Förderung zu bewirken. Für sie war klar, dass Kind Kind ist, egal, in welcher Spielgruppe es betreut wird. In unserer Gemeinde war dies nicht der Fall. Die Stadt sah von einer Förderung für meine Einrichtung ab. Die Begründung der damaligen Vizebürgermeisterin war, man fördere bedarfsorientiert. Der Bedarf in meiner Spielgruppe war seit Gründung nachweislich gegeben. Vermutlich wollten es sich die verantwortlichen Politiker nicht mit den anderen Leiterinnen verscherzen. Einfacher war es, mir das Fördergeld zu verwehren, anstatt sich mit einer Horde aufbrausender Spielgruppenleiterinnen auseinanderzusetzen. Obwohl meine Einrichtung von der Stadt nicht gefördert wurde, bekam ich jährlich ein Formular, auf dem ich die Kinderanzahl meiner Spielgruppe bekanntgeben und notieren sollte. Ich konfrontierte die städtische Koordinatorin damit. Einerseits ließ mich die Gemeinde im Regen stehen, andererseits nahm sie meine Spielgruppe in ihre Statistik der städtisch betreuten Kinder auf. Die Koordinatorin war sich dessen völlig bewusst. Politik ist eben Politik.

Die Vorgänge zeigten in der eigenen Stadt hautnah und zahlreich, wie sie gesteuert ist, welche Fäden wann und zu wessen Gunsten gezogen werden. Ich nahm nie ein Blatt vor den Mund, was Politik betraf, zeigte Missstände stets hartnäckig auf, durchleuchtete Abläufe sehr genau und aufgrund meiner vielen negativen Erfahrungen auch äußerst argwöhnisch.

2005 entschieden mein Mann und ich uns für ein Eigenheim. Unsere Vermieterin wollte das Mietshaus nicht verkaufen und wir nicht mehr länger zur Miete wohnen. Wir strebten nach häuslicher Unabhängigkeit. Der Ehemann unserer Vermieterin war bedauerlicherweise einige Jahre zuvor an Krebs erkrankt und im Alter von etwa fünfzig Jahren gestorben. Als Witwe alles alleine managen zu müssen und alle Entscheidungen allein zu fällen war für sie bestimmt sehr schwer. Ich kann mich noch gut daran erinnern, als mein Mann und ich unseren Vermieter im Spital besuchten. Es ging ihm sehr schlecht und er war bereits nicht mehr ansprechbar. Wir machten unserer Vermieterin

den Vorschlag, an ihrer Stelle eine Zeit lang am Krankenbett zu verweilen. Sie sollte ein wenig durchatmen und daheim ein paar Erledigungen machen können. Kurz nachdem sie gegangen war, spürte ich die Energie des
Sterbenden und den nahenden Tod. Auch mein Mann
fühlte es. Er verließ das Zimmer, um unsere Vermieterin zu
informieren, dass der Zeitpunkt des Abschieds nun gekommen war. In diesem Moment starb ihr Mann.

Unser Eigenheim wurde in Rekordzeit geplant. Vom
Spatenstich bis zum Einzug verging nur ein halbes Jahr.
Wir legten den Fokus auf viel Licht und Helligkeit, auf eine
unkomplizierte Heizung und auf genug Warmwasser. Dieser Luxus hatte in meiner Kindheit und teilweise auch in
dem Mietshaus, das wir zwölf Jahre lang bewohnt hatten,
gefehlt. Als ich ein Kind war, reichte das Warmwasser des
kleinen Boilers mit etwas Glück für zwei Personen. Wir waren aber zu fünf und meistens duschten auch noch Verwandte bei uns. Im Mietshaus mussten wir beim Baden unserer Kinder immer zusätzliches Warmwasser aufkochen,
damit die Wassertemperatur angenehm war und für das
Planschvergnügen reichte. Wir freuten uns darauf, in Zukunft genügend warmes Wasser zu haben.

Jede freie Minute arbeiteten wir auf der Baustelle und
auch unsere Kinder halfen mit ihren kindlichen Kräften
tüchtig mit. Die Vorfreude auf unser Eigenheim war riesig,
auch Ruhe und Erholung sehnten wir herbei.

Was das Finanzielle betraf, so war ich unendlich froh,
dass sich dieser Sache wiederum mein Mann annahm. Ich
war ihm beim Thema Finanzierung und deren Berechnung
leider nie eine Unterstützung. Alles, was mit Geldangele-
genheiten zu tun hatte, schob ich von mir weg. Den Kredit,

damit verbundene Zahlungen und alle damit einhergehenden Termine behielt er immer verlässlich im Auge.

Meine Arbeitsstelle, die Spielgruppe, zog mit in unser neues Heim um. Wir errichteten dafür eine separate Räumlichkeit mit eigenem Eingang. Ohne irgendeine Förderung. Ein Bauamtsmitarbeiter wollte an unserem Hausbauplan seine persönliche Vorstellung verwirklichen und ein paar Änderungen vornehmen. Es ging rein um unterschiedlichen Geschmack und nicht um gesetzliche Vorschriften. Dafür hatten wir kein Verständnis. Sich dagegen zu wehren bedeutete gleichzeitig einen verzögerten Start. Auch wenn es uns sehr ärgerte, nahmen wir dies in Kauf, denn schließlich war es ja unser Haus, es musste uns gefallen und nicht ihm, wir bezahlten dafür. Während der Bauphase waren wir sehr gefordert, machten alles, was möglich war, selbst. Manches verlief reibungslos (Rohbau, Elektrisches, Fliesen legen), einiges ging auch leider schief. Unser Verputzer verbrachte seine Zeit lieber auf dem Fußballfeld, als wie vereinbart und teilweise auch schon bezalht sich dem Endspurt unseres Hauses zu widmen. Es war bereits Herbst und die Temperaturen sanken. Als unser Geduldsfaden riss, suchten wir per Zeitungsannonce einen Nachfolger für ihn. Wir wurden fündig und waren mit der Arbeit des neuen Handwerkers sehr zufrieden. Ein Schlosser, den wir für das Balkongeländer beauftragt hatten, musste dieses zweimal wieder abmontieren. Die Abstände stimmten nicht einmal annähernd. Ein halbes Jahr nach Einzug hatten wir aufgrund eines Firmenkonkurses immer noch eine unfertige Küche, zwar mit Geräten, aber ohne Anschlüsse und nur teilmöbliert. Monatelang reinigten wir das Geschirr im kleinen WC-Waschbecken.

Nachdem wir circa fünf Jahre im neuen Haus wohnten, hatte unser Hausdach Löcher. Ausgerechnet unser Dach, das wir ganz offiziell von einer Firma hatten errichten lassen, da eben genau dieser Fall nicht eintreten sollte. Die Krönung war, dass es am Abend vor unserem Urlaub von der Badezimmerdecke heruntertropfte. Der zuständige Notdienst konnte nicht auf das Dach steigen, da er sich gerade auf einem Feuerwehrfest befand und Alkohol getrunken hatte.

Wir schlugen uns ein Jahr lang mit dem Firmenchef herum. Er rang nach Ausreden, um nicht für den Schaden aufkommen zu müssen. Als ich eines Tages mit drei Gutachtern alleine in unserem Garten stand, war meine Geduld an ihrem Tiefpunkt angelangt. Ich sagte dem Firmenchef, dass ich in Erwägung zöge, mit der Dachgeschichte an die Öffentlichkeit zu gehen. Anscheinend überzeugte ihn das, denn ab diesem Zeitpunkt ging es endlich vorwärts und der Schaden wurde nicht nur provisorisch, sondern endlich ganz und dauerhaft behoben.

2009 war ich schweren Herzens gezwungen, meine Spielgruppeneinrichtung nach fast zehn Jahren zu schließen. Das Land Vorarlberg hatte plötzlich beschlossen, auch Dreijährige in die Kindergärten aufzunehmen. Das bedeutete für die Spielgruppen, in Zukunft Kinder unter drei Jahren zu betreuen, zusätzliches Personal einzustellen und/oder die Gruppenzahl zu reduzieren. Jemanden einzustellen kam für mich nicht infrage. Mit meinem geringen Einkommen konnte ich nicht noch eine Betreuerin bezahlen – und täglich alleine die Verantwortung für eine ganze Gruppe Zweijähriger zu übernehmen, war ebenfalls nicht möglich.

Meine Überlegung war, mich von der Gemeinde anstellen zu lassen. Mit einem monatlichen Fixlohn hätte ich die Gruppengröße verkleinern können, ohne finanziellen Verlust machen zu müssen. Der Vorschlag wurde zu meinem Bedauern und auch dem der Eltern, die sich sehr für das weitere Bestehen meiner Einrichtung einsetzten, abgelehnt. Enttäuscht musste ich mich den politischen Vorgängen fügen. Nach und nach schlossen sämtliche Spielgruppeneinrichtungen. Gerade für diese Altersgruppe waren sie so wichtig. Manche Dreijährige sind in Großgruppen im Kindergarten völlig überfordert.

Ein paar Monate später fragte mich die städtische Koordinatorin, ob ich unsere privaten Räumlichkeiten an die Gemeinde vermieten würde. Es hätten sich Interessierte gemeldet, die gerne eine Spielgruppe führen würden. Mein Mann und ich fanden das ziemlich unverschämt.

2009 erkrankte mein Ehemann chronisch.

Im selben Jahr trat ich meine Arbeitsstelle als Gemeindeangestellte im Kindergarten an. Zuerst arbeitete ich in einem der Übergangscontainer, welche als Notlösung bei mehreren Kindergärten platziert wurden. Neubauten oder Anbauten konnten nicht so rasch umgesetzt werden, wie die gesetzliche Vorgabe des Landes mit der Aufnahme von Dreijährigen es anordnete. Beruflich kam für mich nie etwas anderes als die Arbeit mit Kindern in Frage. Die Tatsache, dass diese unheimlich wichtige, verantwortungsvolle und umfangreiche Tätigkeit völlig unterbezahlt wird, besteht bis zum heutigen Tag. Ich setzte mich fortan für mich und meine Berufsgruppe ein, schrieb viele E-Mails, führte zahlreiche Gespräche mit Bediensteten der Gemeinde und des Landes, forderte gehaltliche Besserstellungen, bessere

Rahmenbedingungen, mehr Wertschätzung. Es war ein stetiger Kampf gegen Windmühlen!

Mein Mann arbeitete weiterhin als Diplompfleger im Pflegeheim, reduzierte krankheitsbedingt sein Beschäftigungspensum. Im Tätigkeitsbereich Pflege und Soziales waren die politischen Vorgänge ähnlich wie jener der frühkindlichen Betreuung und Bildung. Die Mitarbeiter blieben ungehört!

Einmal ärgerte ich mich sehr über ein Interview der Soziallandesrätin. Sie sprach von geplanten Neubauten im Pflege-, Betreuungs- und Bildungsbereich. Mein Mann und ich wussten aus langjähriger Berufserfahrung, dass besonders in diesen beiden Bereichen, in Pflegeheimen und in Kindergärten, chronischer Personalmangel herrscht. Wer soll denn bitte in den Neubauten arbeiten, wenn nicht einmal für bestehende Einrichtungen genug Mitarbeiter vorhanden sind?

Die Antwort der Soziallandesrätin auf meine E-Mail war, dass man es im Auge behalten werde. Nach all den Jahren hat sich die Situation nicht geändert, sondern durch die maßnahmenbedingte Mitarbeiterdiffamierung während der Pandemiezeit immens zugespitzt!

Seit meiner Anstellung als Kindergartenassistentin verrichtete ich weitaus mehr, als es meine Stellenbeschreibung vorgab. Ich übernahm oft spontan die Gruppenleitung und war mit über zwanzig Kindern alleine. Ich hatte einen langjährigen Erfahrungsschatz aus meiner Tätigkeit als Spielgruppenleiterin. Davon profitierten auch andere. Das, was sich neue Pädagoginnen zuerst an Routine aneignen mussten, ging mir locker und aus dem Stegreif von der Hand. Mein Einsatz war stets groß, mein Gehalt leider nicht. Nach und nach erkämpfte ich mir gehaltliche Höherstufungen. Ich konnte auch immer gut argumentieren, hielt sämtliche Abläufe schriftlich fest und meine jährlichen Leistungsbewertungen waren überdurchschnittlich. Trotz meiner eigenen positiven Leistungsbeurteilungen mit der gehaltlichen Prämienausschüttung kam mir dieses System nicht gut durchdacht und verbesserungswürdig vor. Da die Beurteilung von den jeweiligen Leitungspersonen des Arbeitsbereiches durchgeführt wurde, war sie ziemlich willkürlich (neue oder erfahrene Leitung, dem Mitarbeiter wohlgesinnt oder nicht, Kenntnisse über das alte oder neue System). Eine Leiterin berichtete, dass ihr nahegelegt wurde, die Mitarbeiter tunlichst nicht zu gut zu bewerten. Es könnte sonst aufgrund des im Topf immer gleichbleibenden Budgets die Prämie für die einzelnen Mitarbeiter niedriger ausfallen. Auch ich machte die Erfahrung, dass ich trotz noch höherer Punktezahl, sprich, besserer Leistungsbeurteilung als im Vorjahr, weniger Prämie bekam. Anregungen zur Mitarbeitermotivation stelle ich mir wahrlich anders vor! Mit diesem Thema konfrontierte ich die Personalvertretung, den Arbeitgeber, die Gewerkschaft und auch den amtierenden Landeshauptmann. Die Verbesserung war schlussendlich eine Verschlechterung.

Als Gemeindeangestellte arbeitete ich all die Jahre völlig korrekt und war stets sehr pflichtbewusst. Aufgrund meiner Kompetenz, meiner langjährigen Erfahrung und Ausbildung bot mir mein Arbeitgeber mehrere Leitungsstellen an. Eine Stelle war die als Kindergruppenleiterin in einem Kinderhaus. Diese lehnte ich ab, denn mein monatliches Mehrgehalt hätte trotz größerer Verantwortung und weniger Ferienzeit nur achtzig Euro zusätzlich betragen. Eine weiteres Stellenangebot als Gruppenleiterin in einem zweigruppigen Kindergarten, welches ich annahm, folgte. Mit meinem ausgeprägten Gerechtigkeitssinn setzte ich mich stets intensiv mit gesetzlichen Komponenten und deren Spannweiten auseinander. Ich entdeckte im Laufe der Jahre mehrere Systemfehler und war fortan bemüht, sie zu beheben. Über die Missstände aufgeregt haben sich viele Mitarbeiter. Wenn es jedoch darum ging, sie aufzuzeigen und zu handeln, stand ich alleine auf weiter Flur. Ich machte die Feststellung, dass die Personalvertretung und die Gewerkschaft bei meinen Anliegen nicht besonders hilfreich waren. Eher erreichte ich bei der Gemeinde oder im Land etwas, wenn ich mich selbst darum kümmerte und hartnäckig blieb. Gewerkschaftsmitglied war ich nur kurze Zeit. Wenn ich mich mit Fragen an die Arbeiterkammer wandte, war die Antwort, dass man dort für mich als Gemeindeangestellte nicht zuständig sei. Neben meiner täglichen Herzensarbeit mit den Kindern kostete mich das ganze Drumherum viel zu viel Energie.

Ich bildete mich kontinuierlich weiter, absolvierte einen Bewegungskindergartenlehrgang, einen Sprachförderlehrgang, einen Lehrgang für Krisen- und Trauerbegleitung für Kindergarten und Schule, machte als Ersthelferin jährliche Auffrischungskurse.

Das Thema Trauer, Krise, Tod begleitet mich seit meiner Kindheit. Ich wollte mich in diesem Bereich ehrenamtlich engagieren und wurde Hospizbegleiterin. Gemeinsam mit einer Gruppe wirklich netter Menschen besuchte ich einen Hospizlehrgang, der sehr in die Tiefe ging.

Zeitgleich mussten wir uns von unserer alten Katze Gatto trennen. Sie war uns vor neunzehn Jahren zugelaufen und aus unserer Familie seither nicht mehr wegzudenken. Wir liebten das eigensinnige Geschöpf sehr. Mein Mann, unsere beiden Töchter und ich waren beim Abschied alle dabei und es flossen viele Tränen.

Im Dezember 2014, kurz vor Weihnachten kontaktierte mich meine Nichte aus Innsbruck. Sie berichtete, dass mein jüngster Bruder einen Lawinenunfall gehabt hatte. Von diesem äußerst tragischen Unfall erholte er sich nicht mehr. Am Tag vor dem Unglück hatte er noch die alljährlichen Weihnachtskarten an seine Verwandten nach Vorarlberg verschickt.

Schrecklich war nicht nur der Unfall selbst, sondern auch das, was familiär vor sich ging. Mein Bruder lag auf der Trauma-Intensivstation in der Klinik. Als ich ihn das erste Mal besuchte, hoffte ich gemeinsam mit vielen ihn liebenden Menschen auf ein Wunder. In Gesprächen mit Ärzten und dem fürsorglichen Pflegepersonal wurde bald klar, dass dieses Wunder aufgrund der sehr schweren irreversiblen Hirnverletzungen mit großer Wahrscheinlichkeit nicht eintreten würde. Besonders der Partnerin meines Bruders zog es nach ihrer zwanzigjährigen Beziehung den Boden unter den Füßen weg. Ihre Tochter begleitete sie liebevoll durch diese schwere Zeit. Eine weitere Person, die der Unfall unheimlich hart traf, war meine Mutter. Sie und mein ältester Bruder waren im Spital Dauerbesucher. Leider stellte meine Mutter alle anderen Besorgten und Betroffenen in den Schatten. So, als gäbe es die Partnerin, andere Verwandte und Freunde meines Bruders nicht, als trauere nur sie alleine, als wäre ihr Sohn ein kleines Kind, das ihr gehöre. Sie allein wollte bestimmen, was ihm guttut, meinte, ihn wieder zum Leben erwecken zu können. Ärztemeinungen oder

Diagnosen wurden ausgeklammert. Vor dem Gesetz hatte meine Mutter das alleinige Sagen, unabhängig davon, ob es sinnvoll war oder nicht. Mein Bruder war weder im Besitz einer Patientenverfügung noch hatte er eine eingetragene Partnerschaft. Das erschwerte weitere Entscheidungen und Schritte massiv.

Er lebte schon viele Jahre in Innsbruck, wohnte mit seiner Lebensgefährtin zusammen und arbeitete in der Klinik als Laborleiter. In seinem Arbeitsalltag war er geistig sehr aktiv und maßgeblich an zahlreichen wissenschaftlichen Projekten beteiligt. Bei der Ausübung seines liebsten Hobbys wurde er bei einem Lawinenabgang lebensbedrohlich verletzt.

Ihn so daliegen zu sehen und zu wissen, dass alles, was er gerne getan hatte, nicht mehr möglich sein würde, machte zutiefst betroffen und ohnmächtig. Aber in all dieser Ohnmacht war mir auch klar, mich mit meiner Happy Family, meinem Mann und unseren wunderbaren Kindern, die mir in dieser schweren Zeit unermüdlich treu und hilfreich zur Seite standen, auf einen gemeinsamen Abschiedsweg machen zu müssen. Die größte zu überwindende Hürde war meine Mutter mit ihrem äußerst schwierigen Verhalten, ihrer Uneinsichtigkeit. Es gibt sicher nichts Schlimmeres für eine Mutter, als ihr Kind zu verlieren! Ihr Schmerz und Leid waren unbeschreiblich groß. Alle anderen trauernden Menschen auszuklammern und sich gegen alle und alles zu stellen war dennoch nicht akzeptabel. Die Ärzte betonten mehrfach, noch nie so einen Fall mit einer dermaßen verzwickten Lage und Familienspaltung gehabt zu haben. Nach drei Monaten durfte mein Bruder loslassen. Er legte seine zerfallene Hülle ab.

Eines Abends hatte ich während eines Spaziergangs ein besonderes übersinnliches Erlebnis. Im dichten Nebel spürte ich die Energie meines Bruders. Er war irgendwie darin gefangen. Ich fühlte seinen Zustand, dass er gerne befreit sein wollte, nicht länger in dieser Zwischenwelt verweilend und künstlich festgehalten. Für mich war völlig klar, ihn mit all meiner noch vorhandenen Kraft, mit meiner geschwisterlichen Liebe dabei zu unterstützen, ganz frei sein zu können. Wir kommunizierten auf einer besonderen Ebene. Ich versicherte ihm, mich auch um die Hinterbliebenen zu kümmern, ihnen über den Verlust bestmöglich hinwegzuhelfen. Dies war leider nicht bei allen möglich.

In abwechselnder Begleitung meiner lieben Familie, meines Mannes oder unseren Töchtern, fuhr ich drei Monate lang wöchentlich mindestens einmal nach Innsbruck. Diese Zeit verlangte uns allen unheimlich viel ab. Manchmal telefonierte ich mit meinem zweitältesten Bruder. Er machte gerade selbst eine sehr schwere Zeit durch und war nicht imstande, seinen Bruder zu besuchen. Zudem wollte er ihn als gesunden Menschen in Erinnerung behalten. Mein ältester Bruder begleitete immer unsere Mutter. Er stand regelmäßig am Krankenbett und zerbrach beinahe. Der Tod unseres Bruders rückte sichtlich näher und seine Freundin und ihre Tochter zeigten im Abschiednehmen grenzenlose Liebe, Kraft und Stärke!

An einem Samstag meldeten sie sich telefonisch bei mir und teilten uns das nahende Ende mit. Meine jüngere Tochter und ich fuhren ins Hospiz und verweilten ein paar Stunden bei ihnen und unserem Sterbenden. Gegen Abend fuhren wir wieder zurück nach Vorarlberg. Während der Fahrt versuchte ich stets, mich wieder zu sammeln und meine zahlreichen Gedanken ein wenig zu ordnen. Am nächsten Tag begleitete mich meine ältere Tochter nach Innsbruck. Als wir am Nachmittag das Zimmer betraten, hatte mein Bruder sich gerade von der irdischen Welt verabschiedet. Zu seiner linken und rechten Seite gehalten, begleitet, von Liebe getragen durch seine Freundin und ihre Tochter. Gut, dass er loslassen konnte. Ich öffnete das Fenster und wünschte ihm ein Leben in Freiheit. Bevor meine Tochter und ich nach Hause fuhren, zelebrierte der Hospizseelsorger eine ergreifende, würdige Zeremonie am Bett unseres lieben Verstorbenen. Später kontaktierte ich den Seelsorger sowie ein paar weitere Menschen, die sich um meinen Bruder gekümmert hatten schriftlich, um ihnen meinen herzlichen Dank auszusprechen. Mit dem Einsatzarzt, der meinen Bruder am Unfallort und im Helikopter begleitet hatte, telefonierte ich persönlich. Er drückte sein Mitgefühl aus und erzählte, dass er bei einem Einsatz einmal aufgrund einer Folgelawine selbst verschüttet wurde und auf der Intensivstation lag.

Die kommenden Tage ging es vielfach um die Verabschiedungsfeier und ich bereitete eine sehr persönliche Rede vor. Zwischen dem Tod meines Bruders und seinem Begräbnis feierten wir den fünfzigsten Geburtstag meines Mannes. Unsere Töchter und ich hatten bereits lange zuvor ein großes Fest organisiert. Noch nie habe ich Freude und Leid, Lachen und Weinen, Licht und Schatten, Leben und Tod, Leichtigkeit und Schwere, Höhe und Tiefe so unglaublich nah beieinander gespürt wie in diesen Tagen. Und dennoch gelang es, beides anzunehmen, zuzulassen und sogar zu verbinden. Während ich meine Gedanken und meine Erinnerungen rund um meinen verstorbenen Bruder und meine Herkunftsfamilie in der Abschiedsrede verschriftlichte, war ich gleichzeitig fähig, den letzten Feinschliff für die Geburtstagsparty meines Mannes zu machen und mich meiner Jetztfamilie zu widmen. Wir feierten ein sehr schönes, fröhliches Geburtstagsfest und ein paar Tage später eine ebenso ergreifende Verabschiedung.

Meine Mutter kam nicht.

Vermutlich fühlte sie grenzenlose Ohnmacht, war völlig hilflos und total überfordert.

Man kann den Tod nicht austricksen, ihn nicht ewig hinhalten …

Auch wenn ich in meinem gesamten Leben und während meiner ehrenamtlichen Hospiztätigkeit vieles in Bezug auf Sterben und Tod gesehen hatte, war es als so unmittelbar nah Betroffene völlig anders, mit allem umzugehen und die Urne des eigenen Bruders in den Händen zu halten. Am Grab plagten mich extrem starke Magenkrämpfe und mir wurde sehr übel. Es hatte sich die letzten Monate so unendlich viel angesammelt und zugespitzt. Auseinandersetzungen, Streitereien, Leid, so viel Dramatisches, das die gesamte Zeit des Abschieds erschwerte. Hauptsache, mein Bruder war nun frei!

Einige Zeit später bekam ich ein Schreiben von einem Innsbrucker Notar. Mein biologischer Erzeuger und ich hätten Anspruch auf die Verlassenschaft des Verstorbenen. Meine Mutter und meine anderen Brüder wurden nicht erwähnt. Anscheinend haben sie verzichtet. Egal, welche Summe die Hinterlassenschaft beinhaltete, selbst wenn es nur einhundert Euro waren, für mich stand fest, dass mein Anteil nicht mir, sondern der Freundin meines Bruders gebührte. Dies war mein einziger Beweggrund, auf den Brief zu reagieren. Das erste und gleichzeitig letzte Mal nahm ich zu meinem biologischen Erzeuger telefonischen Kontakt auf. In kurzen Worten legte ich ihm nahe, auf seinen Anteil zu verzichten, ihn der Freundin meines Bruders abzugeben. Ein »Erzeuger«, der nie ein Vater war, sollte doch kein Anrecht auf irgendetwas haben, schon gar nicht auf das Erbe meines Bruders!

Zuerst wirkte er einsichtig, später erfuhr ich, dass er doch nicht darauf verzichtet hat. Das passte zu seinem Charakter. Meine große Wut konnte ich inzwischen ablegen. Mir bleibt dieser Mensch fremd, irgendwie gar nicht existent. Ich löschte umgehend wieder seine Telefonnummer, die ich kurz zuvor in Erfahrung gebracht hatte.

Ein paar Jahre davor, es war damals kurz vor meinem vierzigsten Geburtstag, kontaktierte mich seine Freundin, um mir mitzuteilen, dass es meinem biologischen Erzeuger schlecht gehe und ihm eine Herzoperation bevorstünde. Er wolle mich und meine Familie gerne sehen. Ich überließ die Entscheidung meiner Familie. Für unsere Töchter war er ein unbekannter Großvater. Wir verabredeten uns in einem Kaffeehaus. Das Treffen war sehr kurz und kühl. Wir hatten kein Bedürfnis, ihn wiederzusehen.

Ein paar Monate nach dem Lawinenunglück meines Bruders erfuhr ich von einem weiteren schrecklichen Unfall. Meine engste Hospizkollegin war beim Fahrradfahren unter einen Lkw geraten und verstorben.

Manchmal kommt im Leben so einiges zusammen.
Unsere Töchter wurden erwachsen. Ihre einzigartigen, wunderbaren Seelen entfalteten sich ganz und die Gestaltung ihres individuellen Lebensweges kristallisierte sich immer mehr heraus. Wir Eltern freuten uns sehr über ihren

Werdegang, ihre herzliche Wesensart, ihre Hilfsbereitschaft, ihre Mitmenschlichkeit, Fürsorglichkeit und ihr großes soziales Engagement.

Unsere ältere Tochter arbeitete nach der Matura ein Jahr lang als Au-Pair und absolvierte anschließend das Studium »Soziale Arbeit«.

Ein Thema, das sie und uns immer wieder beschäftigt, ist Flucht. Ich wünschte, es gäbe gesellschaftlich mehr Information, mehr Sensibilität, mehr Verständnis, mehr Auseinandersetzung mit dieser Thematik, mit den betroffenen Menschen und ihren Schicksalen. Und dass Medien einmal die guten Geschichten von Integration verbreiten, die es tatsächlich vielfach gibt!

Im Maturajahr interessierte sich unsere jüngere Tochter für die Polizeischule. Sie absolvierte ein mehrteiliges Aufnahmeverfahren. Prüfungen im sportlichen, sprachlichen, schriftlichen und psychologischen Bereich. Punktemäßig war sie überall unter den bestbewerteten Teilnehmern. Sie unterzog sich auch der geforderten Augenlaseroperation. Eine Woche lang lag sie im dunklen Zimmer und jeder noch so kleine Lichtstrahl bescherte ihr starke, stechende Augenschmerzen. Weiterhin ließ sie sich auf eine Wespen-Desensibilisierung ein und verbrachte einen stationären Krankenhausaufenthalt mit dem Ergebnis, dass sie im Graubereich sei.

Nach dem gesamten Prozedere bekam sie eine Absage. Ich kontaktierte den zuständigen Polizeidirektor, um mich zu erkundigen, wie es sein konnte, meine Tochter alle Prüfungen durchlaufen zu lassen, sie zu den Besten zu zählen, medizinische Eingriffe zu fordern, um sie dann am Ende abblitzen zu lassen. Weshalb musste sie alle Hürden auf sich nehmen, wenn eine Wespenallergie von vornherein ein Ausschlusskriterium ist?

Der bittere Beigeschmack bleibt, als »kleiner Normalbürger« solche Vorgänge machtlos hinnehmen zu müssen.

Unsere jüngere Tochter entschied sich für ein soziales Jahr im Nachbarland. Es war bereits Sommer und in Vorarlberg waren alle Stellen besetzt. Zuerst wollte man uns keine weitere Familienhilfe gewähren. Ich wandte mich mit meinen Argumenten an das Sozialministerium. Unsere Tochter schlief daheim, aß daheim, duschte daheim. Meine Hartnäckigkeit lohnte sich.

Anschließend absolvierte sie ein Studium und wurde Physiotherapeutin. Gesundheitliche Themen liegen ihr sehr am Herzen.

Unsere Töchter bildeten sich die letzten Jahre stetig weiter und haben inzwischen auch beide ihr nebenberufliches Masterstudium abgeschlossen. Es erfüllt mich mit großer Freude, dass sie auf festem Boden stehen und Gestalterinnen ihres eigenen Lebens sind.

Unsere Happy Family ist tierlieb und naturverbunden. Wir schätzen den kleinen Fleck Erde, an dem wir leben dürfen, der unsere Heimat ist. Die Berge, Seen, Wälder, Wiesen, Felder, die Jahreszeiten im Jahreskreis und deren Rhythmus. Ich erachte es als riesengroßes Geschenk, hier geboren worden zu sein. Niemand sucht sich seinen Geburtsort selbst aus, das sollte uns allen, ob reich und arm, immer wieder bewusst sein. Nur weil ich hier geboren wurde, steht mir nicht automatisch mehr zu als jenen, die das Schicksal an einen schlechteren Ort platziert hat!

Laut städtischer Koordinatorin und der Personalvertreterin für Kindergärten war ich in unserer Stadt die einzige Kindergartenmitarbeiterin, die für meine letzte Arbeitsstelle in Frage kam. Aufgrund meiner jahrzehntelangen Erfahrung, meiner Kompetenz, meiner Ausbildungen und meiner Leistungsbewertungen wurde mir eine Gruppenleitungsstelle in einem Kindergarten angeboten. Dort prallten zwei Systeme aufeinander. Dass ich durch den Wechsel von meinem viergruppigen in den zweigruppigen Kindergarten in die Höhle der Löwen gerate, wusste ich bei Übernahme der Stelle leider nicht bzw. wurde nicht ehrlich kommuniziert.

Zu diesem Zeitpunkt erachtete ich den Wechsel als sinnvoll, denn in der Einrichtung, in der ich inzwischen neun Jahre arbeitete, hatte sich einiges verändert. Gesundheitlich schränkte mich besonders mein chronisches Ohrleiden ein. Ich ertrug Lärm nicht mehr so gut. Das ständig wechselnde und wachsende Team, welches inzwischen aus zwanzig Frauen bestand, machte mir immer mehr Mühe und ich sehnte mich innerlich bereits schon länger nach einer Veränderung.

Das Coronamanagement verwunderte mich von Beginn an. Plötzlich lief alles auf Sparflamme, das System wurde völlig durcheinandergebracht, geriet total aus dem Ruder! Kinder, für die aufgrund der Berufstätigkeit ihrer Eltern (vielfach systemerhaltende Berufe) keine häusliche Betreuung möglich war, kamen weiterhin in den Kindergarten. Dort hielt man sie von ihren Freunden fern. Mitarbeiterinnen mussten sehr flexibel sein und je nach Anzahl der anwesenden Kinder arbeiten oder nicht.

Aber es sprengte den Rahmen des Erträglichen, dass sich sämtliche Arbeitskolleginnen von der Pandemie mit all den übergestülpten Maßnahmen so sehr vereinnahmen und manipulieren ließen! Befürworter der Maßnahmen verweigerten den Diskurs und beanspruchten die Geltendmachung ihrer Wahrheit. Konstruktive Diskussionen gab es nicht mehr, Gespräche zu führen, die eine andere Sichtweise beinhalteten, war zwecklos.

Tiere haben ein gutes Gespür für Befindlichkeiten und Veränderungen. Sie sind dann besonders anschmiegsam und tröstend. So auch unser Kater Amy. Er schlief oft auf meinem Kopfkissen neben mir und sein Schnurren war beruhigend. Nach seiner Zahnoperation weilte der vierzehnjährige Kater noch einen Monat bei uns. Dann zeigte sein Verhalten, dass die Zeit gekommen war, den kranken Tierkörper zu verlassen. Wir verbrachten die letzten zwei Tage und Nächte vor dem Einschläfern gemeinsam und sehr intensiv. Wir schauten den letzten Sonnenuntergang an, betrachteten den Mond und die Sterne. Amy hatte eine besondere Tierseele.

Im Herzen verweilen all unsere Verstorbenen, egal ob Mensch oder Tier, immer wieder bei uns. Die Gedanken sind frei und ihre Seelen auch.

In Liebe verbunden!

2020 traf Corona die Einrichtungen und somit auch meine Arbeitsstelle mit voller Wucht. Die strikten Anweisungen und Maßnahmen, das Drüberfahren über Mitarbeiter, Bedienstete, deren Meinung nicht gefragt war, schürte die gegenseitige Panik- und Angstmacherei, erschwerte den beruflichen Alltag massiv. Mitarbeiter mussten sich zeitweise ausweisen, einen Bescheid mit sich führen, dass sie zur

Arbeit gehen bzw. von der Arbeit kommen. Recht bald kristallisierte sich heraus, wer blind vertraute, einfach glaubte und nicht hinterfragte. Die Gruppe der Maßnahmenkritiker war in beachtlicher Minderheit.

Durch die Maske mit Kindern zu kommunizieren, zu erkennen, dass die Maßnahmen ihre Entwicklung verzögern, sich selbst täglich testen zu müssen, die Intuition und das Wissen zu haben, dass sowohl das eine als auch das andere völlig unverhältnismäßig, sogar gesundheitsschädlich ist, als ungeimpfte Mitarbeiterin dem Druck der Geimpften ausgeliefert zu sein, das setzte mir ordentlich zu. Langjährig vertraute Menschen lernte ich plötzlich von einer anderen Seite kennen. Die Vorgänge schafften es, meine funktionierende heile Welt und mein Vertrauen nicht nur völlig durcheinanderzubringen, sondern zu zerstören. Die Pandemie war wahrlich brandgefährlich. Sie schaffte es in Kürze, Menschen in zwei Lager zu teilen und langjährige Freundschaften zu zerbrechen.

Mir bereiteten die seltsamen Vorgänge recht bald Kopfzerbrechen. Vor einer Ansteckung fürchtete ich mich nie. Das Beängstigende war, dass sich plötzlich viele und vieles so entfremdete(n) und die Welt auf einmal stillstand. Ich betrachtete sämtliche Abläufe, die politischen Vorgaben, die Maßnahmenbefürwortung zahlreicher Mitarbeiter und das Verhalten von Freunden, Bekannten, Verwandten bereits kurz nach Ausrufung der Pandemie sehr argwöhnisch. Die Puzzleteile passten einfach nicht zusammen, sie ergaben für mich recht bald ein fehlerhaftes, unschönes Bild. Ein Bild des Grauens!

Irgendetwas ging doch nicht mit rechten Dingen zu! Eine Mainstreamkonsumentin war ich noch nie. Ich habe auch kein Instagram, bin nicht bei Twitter, Telegram, TikTok usw.

Über YouTube konsumierte ich Berichte von Alternativ- und Mainstreammedien. Die einseitige Berichterstattung der Mainstreammedien, das Ausladen bzw. Nicht-Einladen bekannter, toller Wissenschaftler, Experten, Ärzte (Martin Haditsch, Sucharit Bhakdi, Andreas Söhnnichsen, Maria Hubmer-Mogg, Christian Schubert, Clemens Arvay und vielen anderen) führte dazu, dass ich den Medien gegenüber sehr skeptisch wurde. Irgendwann verbannte ich die Mainstreammedien ganz. Ihre Käuflichkeit machte mich wütend, ebenso die unseriösen Handlungen zahlreicher Bundes- und Landespolitiker. Die Illusion, dass Politik bürgerfreundlich ist, hatte ich noch nie!

Im Sommer 2020 wechselte ich den Kindergarten und übernahm die Funktion der gruppenleitenden Pädagogin. Der Stellenwechsel entpuppte sich recht bald als »Flop im Horrorhaus«. Es gab bereits seit vielen Jahren massive Probleme mit den unterschiedlichen Systemen von Gemeinde und Land. Ich spürte, dass etwas Negatives in der Luft hing und nicht ehrlich kommuniziert wurde. Bevor ich den Leitungsjob übernahm, vereinbarte ich mit dem Arbeitgeber, dass meine gehaltliche Höherstufung, selbst wenn es eine andere Gruppenleitung geben sollte, beibehalten würde. Dies versprach man mir mündlich mehrmals. Schriftlich wurde vom Arbeitgeber eine Evaluierung nach einem Jahr festgehalten. Als ich meinen neuen Vertrag auf mein mehrmaliges Nachhaken hin endlich bekam, hatte das Kindergartenjahr bereits begonnen. Ich hatte wirklich sehr viel zu tun, keine Zeit, mich mit dem Vertrag detailliert auseinanderzusetzen, und schon gar nicht, den Inhalt zu hinterfragen. Ich vertraute und hoffte auf ein gutes, faires Miteinander auf Augenhöhe.

Fast täglich gab es neue Informationen zur Pandemie und den daraus resultierenden Maßnahmen, die der Kindergarten einzuhalten hatte. Diese mussten oft umgehend an Eltern und Mitarbeiter weitergeleitet werden. Bei den Schreiben waren sich Land und Gemeinde nicht immer einig. Einmal saß ich, wie meist in dieser Zeit, spätabends vor zwei Informationsblättern (Land und Gemeinde) und überlegte, welches ich denn nun den Eltern per E-Mail senden sollte, da die Inhalte nicht konform waren. Die Gesamtleiterin des Kindergartens unterrichtete in einer Schule und hatte kein besonderes Interesse daran, sich genauer mit den Dingen, die sich täglich an meinem neuen Arbeitsplatz abspielten, auseinanderzusetzen. Sie war keinen einzigen Tag in der Einrichtung, nie in meiner Gruppe, kannte mein pädagogisches Konzept und meine Schwerpunkte überhaupt nicht. Ihr Austausch fand ausschließlich mit der anderen Gruppenleiterin des Kindergartens statt. Die Arbeitshaltungen der Mitarbeiter waren ziemlich unterschiedlich. Dass meine nicht besonders erwünscht war, ließ man mich intensiv spüren!

Es ärgerte und kränkte mich. Ich hatte kein Interesse an Rivalität und Streit. Erinnerungen an die Zeit meiner Spielgruppengründung kamen hoch. Das Betriebsklima verschlechterte sich zunehmend und ich erwähnte mehrfach, dass das Team dringend professionelle Unterstützung benötigte. Es war noch sehr viel Altballast vorhanden und ich wollte mich nicht mit kindischen Auseinandersetzungen beschäftigen. Meine Energie sollte gänzlich den Kindern und deren Familien zugutekommen. Gerade in Zeiten der absurden Coronamaßnahmen waren Eltern sehr verunsichert und es stellten sich sehr viele Fragen. Ich wünschte mir von Mitarbeiterinnen und Arbeitskolleginnen eine anständige Kommunikation, konstruktive Gespräche, bot Lösungsvarianten an und machte auch den Vorschlag einer Teamsupervision.

Die Leiterin war der Meinung, dass Supervision während der Pandemiezeit nicht möglich sei und das Team sich im neuen Jahr wieder ändern werde. Zudem wären manche Mitarbeiterinnen dagegen, da sie auf ihre Psychohygiene achten müssten.

Das Coronathema war im Kindergarten ein einziger Irrsinn! Kinder kamen, um von ihren Freunden Abstand zu halten. Drei- bis sechsjährige Erdenbürger! Die Auflagen waren völlig überzogen, kinderfeindlich und unerträglich: Kein Singen, kein Kneten, kein Backen, kein Sandspiel, kein Turnen, keine Rollenspiele, einfach nichts und wieder nichts stand auf der Tagesordnung. Erschreckend viele Mitarbeiter fügten sich den Vorgaben von Gemeinde und Land, dem gesamten System, hinterfragten nicht, machten einfach bei dem Wahnsinn mit, als wären sie ferngesteuerte Roboter.

Die andere Gruppenleiterin gestaltete Superman-Plakate mit der Aufschrift: »Sei ein Held, halte Abstand.« Sie übte mit den Kindern den Babyelefanten-Abstand und das Tragen der Maske. Ich fühlte mich wie in einem falschen Film und nicht wie in einem Kindergarten. Das gesamte Geschehen, das wahnsinnig gewordene System widerte mich zunehmend an. Mein Kopf drohte oft zu zerspringen, mir war vermehrt schwindlig und übel. Und die Gesamtleiterin war nicht da, diktierte nur von oben, wusste nicht, wie es war,

Kinder dieser Altersgruppe voneinander fernhalten, trennen, einbremsen zu müssen. Für sie waren die Maßnahmen nachvollziehbar und alles machbar. Schließlich hinterfragte die andere Gruppenleiterin ja auch nicht und führte die Anweisungen bedenkenlos aus. Dem sollte ich Folge leisten. Für mich waren die Abläufe an Absurdität nicht zu überbieten!

Die Systemkombination aus Mitarbeiterkonflikten und dem Coronamaßnahmen-Wahnsinn erreichte zunehmend den Höhepunkt. Das Betriebsklima litt immer mehr, Streitereien, Lügen, Heuchelei und Hinterhältigkeit standen an der Tagesordnung. Für mich untragbare Zustände. Die Spaltung funktionierte immer besser …

Diese schauderhaften Vorgänge des Pandemiegeschehens und die gesamte miese Stimmung hatten die Kinder wahrlich nicht verdient! Ich wusste und spürte durch meine eigenen Symptome, die sich immer mehr bemerkbar machten, dass es so keinesfalls weitergehen konnte. Meine gruppenleitende Vorgängerin schilderte in einem langen Telefonat die unguten Zustände in diesem Kindergarten ähnlich, wie ich sie erlebte. Mit dem Unterschied, dass damals nicht der Coronawahn geherrscht hatte. Dieser kam zum bereits vorhandenen Ballast dazu und ließ das Fass überlaufen!

Wo war ich denn hier nur hingeraten? Ich wollte keine Lückenfüllerin, keine Notlösung, keine Übergangsgruppenleiterin, keine »Pädagogin im Graubereich« (so nannte mich die Gesamtleiterin) sein und wandte mich mit meinen Anliegen bereits wenige Wochen nach Übernahme dieser Stelle an die städtische Koordinatorin. Eine gute Zusammenarbeit war aufgrund der zwei unterschiedlichen Systeme, dem Desinteresse der Gesamtleiterin (Land) und dem Nicht-Eingreifen meines Arbeitgebers (Gemeinde) einfach nicht möglich. Wer mich kannte, der wusste, dass meine Arbeit gewissenhaft und absolut authentisch war. Diese Erwartungshaltung hatte ich auch an die anderen Mitarbeiterinnen, besonders die Gesamtleiterin. Enttäuscht stellte ich fest, dass ich trotz all meiner Bemühungen nichts bewirken konnte, zu eingefahren waren die Systeme und Mitarbeiterinnen.

Ich arbeitete sehr viele Stunden ehrenamtlich und auch mein Mann unterstützte mich stets mit großem Engagement, brachte seine zahlreichen Fähigkeiten handwerklich und am Computer ein. Der zweigruppige Kindergarten war in einem altehrwürdigen Gebäude untergebracht. In dem kleinen Büro standen ein unpraktischer Computertisch und ein für mich äußerst unbequemer Sessel. Nachdem ich anfänglich dachte, an diesem Ort viel Zeit mit Vorbereitungen zu verbringen, organisierte, lieferte und installierte mein Mann gleich am ersten Vorbereitungstag einen unserer privaten Computertische samt Computerstuhl. Meine Familie half auch beim Umzug in den neuen Kindergarten mit. Im Laufe der Jahre hatte sich sehr viel Arbeitsmaterial angesammelt, welches von meiner alten Arbeitsstelle an die neue transportiert werden musste.

Die ungute Teamsituation spitzte sich immer mehr zu und ich litt wirklich darunter. Dies schlug mir inzwischen symptomatisch auf mehrere Körperbereiche. Warum hatte die Stadt die Missstände wissentlich jahrelang hingenommen und nicht behoben? Warum musste gerade ich diejenige sein, die mitten in diesem traumatisierenden Chaos landete? Warum war ich auserkoren, alles auf den Tisch zu bringen und Veränderungen zu bewirken? Obwohl ich spürte, dass es mir zunehmend schadete, versuchte ich, in diesem Betrieb ein besseres Klima zu schaffen, um neu durchstarten zu können. Es war wieder wie bereits unzählige Male in meinem Leben. Während andere die Situation beklagten, war ich diejenige, die handelte.

Ich hielt alles schriftlich fest und schrieb zahlreiche E-Mails, denen zu entnehmen war, dass der Hut bereits lichterloh brannte und es so nicht weiterging. Durch die Vorgänge in diesem Kindergarten in Kombination mit den absurden politischen Forderungen und Maßnahmen in der Pandemiezeit ging es mir gesundheitlich immer schlechter. Irgendwann schrien meine Seele und mein gesamter Körper um Hilfe!

Da Teamsupervision verwehrt wurde, kontaktierte ich selbst einen Therapeuten, der für Gemeindeangestellte ein paar Stunden Supervision zur Verfügung stellte. Dies machte auch eine andere Mitarbeiterin, die zum gleichen Zeitpunkt wie ich in der Einrichtung begonnen hatte. Wir erhofften uns ein wenig Unterstützung in dieser aussichtslosen, verfahrenen Arbeitssituation. Es tat gut, dem Supervisor die verworrene Situation zu schildern, ihm von den zermürbenden Vorgängen und den angestauten Altlasten der Einrichtung erzählen zu können. Für ein funktionierendes Team war es bereits zu spät. Der Therapeut meinte, das Ganze sei eine politische Sache. Dadurch, dass ich nicht »systemkonform« war, bot ich Angriffsfläche.

Ich dachte immer, ich wäre allzeit resistent. Bis mir die zahlreichen verstärkten Beschwerden und Schmerzen bedeuteten, dass es Zeit für »STOP« war. Neben meiner chronischen Tubenbelüftungsstörung, meinem Hallux- und Hüftproblem nahmen meine Menstruationsbeschwerden stark zu. Erholsamer Schlaf war schon lange ein Fremdwort für mich. Aufgrund meiner massiven Blutungen schlug mir meine Frauenärztin eine Kürettage vor. Den Operationstermin plante ich so, dass ich mich in den Osterferien 2021 regenerieren konnte und anschließend wieder mit neuem Elan arbeitsfähig war. Als ich meine Tätigkeit im Kindergarten wieder aufnahm, ging das gesamte Theater gleich weiter wie zuvor. Leider gab es keine wundersame System-/Mitarbeiter-/Team-Heilung und auch keine Heinzelmännchen, die die Missstände, den Wahnsinn der Coronamaßnahmen aufräumten!

Die Blutungen kehrten nach Auseinandersetzungen mit Mitarbeiterinnen wieder. Eine Ärztin riet mir, die Notbremse zu ziehen, bevor ich noch kränker würde, und verordnete mir einen ganzen Monat Krankenstand. Ich erholte mich nicht mehr. Aus dem Krankenstand wurde eine dauerhafte Arbeitsunfähigkeit.

Ohne mich von meiner Kindergartengruppe zu verabschieden, konnte ich innerlich nicht abschließen. Auf Begegnungen mit den anderen Angestellten war ich jedoch überhaupt nicht scharf. Ich machte für jedes der zwanzig Kinder ein Geschenkpäckchen, schrieb für jede Familie eine Karte dazu und bat eine der wohlgesinnten Mitarbeiterinnen, es den Kindern mitzuschicken. Die Leiterin wurde darüber von einer Angestellten informiert, eines der Geschenke lieblos geöffnet, um zu schauen, was der Inhalt war bzw. welche Worte ich auf die Karten geschrieben hatte. Ich fand das ziemlich niveaulos und stellte die Leiterin zur Rede. Sie meinte, ich solle für das Verhalten und die Vorgangsweise in Anbetracht der Lage Verständnis haben. Dieses Verständnis fehlt mir immer noch. Am nächsten

Tag machte ich mich selbst auf den Weg zu den Wohnorten der Kinder und verteilte die Geschenke persönlich. Ich war über drei Stunden unterwegs und bekam ein paar sehr nette Rückmeldungen.

Eine davon lautete:

LIEBE LIANE

Es tut mir/uns sehr, sehr leid, dich nicht mehr als Kinderpädagogin von unserem Sohn zu haben!

Danke für deine guten Worte, dein ehrliches, wunderschönes Lachen und deine unkomplizierte, sorgsame Art, mit den Kindern und auch mit uns Eltern umzugehen!!!

ALLES LIEBE und ich hoffe, dich einmal treffen zu können!

Da sich mein Arbeitgeber nicht an die finanzielle Abmachung halten wollte, wandte ich mich über den Rechtsschutz an einen Anwalt. Nach allem, was vor sich gegangen war, für was ich mich eingesetzt und auch gekämpft hatte, konnte es doch nicht sein, dass man so mit mir umging und sogar mein Gehalt gekürzt wurde. Die Stadt berief sich auf die schriftlich festgehaltene Evaluierung nach einem Jahr. Wie erbärmlich doch die Vorgänge waren, denn mein Arbeitgeber machte die Evaluierung nur mit jenen Mitarbeiterinnen, die von Beginn an gegen mich waren. Die Gesamtleiterin, welche aufgrund ihrer glänzenden Abwesenheit von meiner Arbeit nicht das Geringste mitbekommen hatte, wurde natürlich auch hinzugezogen. Am engsten arbeitete ich während dieser Zeit mit einer Sonderkindergartenpädagogin zusammen. Ihr ging es in diesen

Monaten ähnlich wie mir. Sie fand die Zustände, das Arbeitsklima und die Arbeitshaltung mancher Mitarbeiterinnen unerträglich. Auch die Handhabung der Coronamaßnahmen empfand sie als völlig übertrieben! Diese Arbeitskollegin wusste am besten, wie sorgfältig und gewissenhaft ich meine Arbeit als Gruppenleiterin verrichtet hatte und wie groß all meine Bemühungen um ein besseres Teamklima gewesen waren. Dass genau diese Mitarbeiterin nicht befragt wurde, wunderte mich nach all den Abläufen nicht mehr.

Ich war schon ziemlich am Ende meiner Kräfte angelangt und wollte endlich meine Ruhe haben. Mein Arbeitgeber und mein Anwalt einigten sich auf eine Ausgleichszulage und ich stimmte zu. Die mündliche Abmachung vor meinem Stellenantritt hatte leider keine Handschlagqualität und ich gab die Hoffnung auf Gerechtigkeit auf. Wohlwissend, dass ich mitten in der haarsträubenden Coronazeit in dieses Chaos geworfen, ausgenutzt und tief verletzt wurde!

Ein paar Monate später bezog ich Krankengeld und anschließend Sonderkrankengeld. Aufgrund dessen brachte mir die Ausgleichszulage des Arbeitgebers finanziell nichts mehr. Enttäuscht und wütend war ich jedoch nicht des Geldes, sondern der Vorgänge wegen. Von diesen arbeits- und pandemiebedingten Zuständen habe ich mich nicht mehr erholt. Es folgte ein gesundheitlicher und damit auch verbundener behördlicher Hürdenlauf, den ich wahrlich niemandem wünsche!

Vor ein paar Jahren verstarb der Vater meines Mannes. Er wurde in den letzten Monaten und Wochen fürsorglich von seiner Familie begleitet und betreut. Ich war sehr selten zu

Besuch und wenn, dann meist, um meinem Ehemann zur Seite zu stehen und ihn zu unterstützen.

Leider habe ich mich emotional von den Eltern meines Mannes immer mehr entfernt. Sie lehnten »Fremde«, die anständigen Freunde unserer Töchter, ab. Bei ihnen zu Hause waren sie nicht erwünscht. Als Eltern meines Mannes respektierte ich meine Schwiegereltern immer. Zu Weihnachten und zu Ostern war es ihre Tradition, die Familie bei ihnen zu versammeln. Möglichst alle Familienmitglieder sollten daran teilnehmen. Alle, außer den Freunden unserer Töchter, alle, nur nicht »Fremde«.

Für meinen Mann, unsere Kinder und mich war die abweisende Haltung eine äußerst unangenehme und auch belastende Erfahrung.

Unsere Töchter und wir waren uns einig, dass entweder unsere gesamte Happy Family bei Großfamilienfestlichkeiten eingeladen wird oder sie ohne uns stattfinden.

Dass Ausgrenzung und Rassismus einmal in unseren eigenen Reihen so präsent werden, das hätten wir wahrlich nie gedacht. Mein Mann schaffte es, für sich einen Mittelweg zu finden, denn es blieben trotz allem seine Eltern und er wusste auch um ihre zahlreichen positiven Eigenschaften. Ab diesem Zeitpunkt besuchte er sie nur noch alleine. Familienfeste wie früher gab es nicht mehr. Wir arrangierten uns alle irgendwie mit der Situation. Die Familienzerrüttung blieb an manchen von uns haften.

Dass zu diesem Zeitpunkt noch alle vier Großeltern unserer Töchter lebten, sie jedoch zu keinem von ihnen eine Beziehung hatten, bedauerte ich sehr. Der Kontakt zu ihrer Großmutter mütterlicherseits war seit der Lawinentragödie meines Bruders gänzlich abgebrochen, ihr Großvater mütterlicherseits war nicht existent, ihre Großmutter väterlicherseits war wie das Echo ihres Mannes, denn seine Meinung war auch die ihre, und ihr Großvater väterlicherseits akzeptierte die Partner der Enkelinnen nicht. Ich hätte meinen beiden Töchtern von ganzem Herzen bessere, gelingendere Großeltern- und Großfamilienbeziehungen gewünscht!

Mein Bezug zur Religion, zur katholischen Kirche, besonders mein Glaube hat sich die letzten Jahre über völlig verändert. Als Kind war es sonnenklar und selbstverständlich, dass wir regelmäßig beteten, in die Messe gingen, beichteten, die Gebote auswendig kannten, sie gehorsam befolgten. Auch die alljährliche Fastenzeit hielten wir strikt ein. Diesen anerzogenen Glauben nahm ich in meine Jugendzeit mit, er erstreckte sich ins Erwachsenenalter, ging so weit, dass ich sogar ins Kloster wollte.

Irgendwann entfremdete ich mich dem Katholizismus, der Institution Kirche, konnte und wollte ich nicht mehr glauben, dass der »verherrlichte Gott« so herrlich war. Ich sah den kirchlichen Prunk, die Reichtümer, während es nebenbei so viel Armut gibt. Zahlreiche Erlebnisse und Vorgänge, die mich betrafen, waren einfach nicht mehr stimmig und die einstudierten Glaubenssätze auch nicht. Ich spürte nur noch Leere in mir …

Mit dem Kirchenaustritt legte ich meine Frömmigkeit und auch meine Hörigkeit ab. Ich fühlte mich wieder befreiter, fähig, zu meinem Kern, meinem Ursprung durchzudringen, verbunden mit allem, was die Welt an Schöpferischem, an Strahlendem zu bieten hat. Dazu gehört keine Institution Kirche, kein kirchlicher Würdenträger, kein Papst, kein Vatikan.

Mein Mann war bereits lange vor unserer kirchlichen Hochzeit, die wir 1995 feierten, ausgetreten. Er beeinflusste mich diesbezüglich nie. Ich traf meine Entscheidung völlig alleine.

2021 ging es mit mir gesundheitlich steil bergab. Ich fühlte mich mit meinen zahlreichen Beschwerden und täglichen Schmerzen nicht mehr in der Lage, regelmäßig einer beruflichen Tätigkeit nachgehen zu können. Die Pandemiezeit hat alles in mir und an mir verschlechtert, meine Standfestigkeit massiv ins Wanken gebracht und meinem Lebensbaum einige Wurzeln entzogen. Sie hat mich durch die grauenhaften Maßnahmen und abscheulichen Vorgänge verändert, mir sozialen, auch wirtschaftlichen Schaden zugefügt, meine ganzheitliche Gesundheit gefährdet und mich auseinanderdividiert.

Es folgte eine Antragstellung auf Berufsunfähigkeit (Rehageld), deren behördlicher Hürdenlauf mich anstatt gesünder noch kränker machte! Wie in sämtlichen Berichten von betroffenen Personen geschildert, werden von der PVA zuerst fast alle Anträge abgelehnt. Das, was unter der Bezeichnung »Gutachten« läuft, ist in Wirklichkeit eine Verhöhnung des Antragstellers. Ungeachtet des langjährigen Krankheitsverlaufs wird aus allem, was der Betroffene dem Gutachter persönlich schildert, meistens nur eine einzige Sache herausgepickt und im Gutachterbescheid festgehalten. Im Laufe meines Verfahrens musste ich mich den Fragenkatalogen mehrerer Gutachter stellen. Der gesamte Ablauf ist eine einzige Zerreißprobe.

Als Mensch wird man regelrecht zerstückelt, nicht als ganzheitliche Person wahrgenommen, schnell als Simulant und Bittsteller abgestempelt. Meist fehlt bei den Gutachtern Zeit und auch die Motivation, Patienten mit all ihrer Vielschichtigkeit zu erfassen. Der unwürdige Umgang, die sich dahinziehende, zähe Prozessdauer setzt einem immer noch mehr zu und man sinkt tiefer und tiefer in die Krankheitsspirale hinein.

Nachdem mein Antrag abgewiesen wurde, begann das langwierige gerichtliche Klageverfahren. In dessen Verlauf zog ich eine Rechtsanwältin hinzu und war sehr froh, einen privaten Rechtsschutz zu haben. Mittlerweile war ich unheimlich erschöpft, ausgelaugt und müde. Die Frage, was Menschen machen, die keinen Rechtsschutz haben oder deren Rechtsschutz die Kosten nicht übernimmt, Menschen, die nicht die Energie aufbringen können, um für sich einzustehen, Menschen, die vielleicht auch sprachliche Schwierigkeiten haben, ging mir oft durch den Kopf. Die gerichtlichen Gutachtertermine erstrecken sich über viele Monate, und da es nicht genug Gutachter gibt, muss man manchmal auch in andere Bundesländer fahren.

Die Krönung all meiner Gutachten war jenes der Berufskunde. In einem elfminütigen Telefonat, bei dem ich aufgrund meiner Tubenbelüftungsstörung vieles gar nicht verstand, stellte der Gutachter aus einem anderen Bundesland fest, dass ich die Kriterien für einen Berufsschutz seiner Meinung nach nicht erfülle. Das machte mich völlig fassungslos, warf mich erneut aus der Bahn!

Ich beschäftigte mich tage- und nächtelang mit meinen gesamten arbeitsbezogenen Unterlagen, all meinen Arbeitsmappen, dem Zusammentragen meines Tätigkeitskataloges, mit meinen Ausbildungen, Höherstufungen, Leistungsbeurteilungen ... All meine beruflichen Fähigkeiten, meine jahrzehntelange selbstständige Arbeit, meine pädagogische Planung und Durchführung, meine Verantwortung für Hunderte Kinder im Alter von drei bis sechs Jahren, meine zahlreichen Ausbildungen und Lehrgänge, alles wurde durch den Gutachter völlig abgewertet und einfach ignoriert. Der Gutachter fügte seine Ergebnisse in das mich noch kränker machende System ein. Mein tatsächlicher Arbeitsumfang, den ich sehr gewissenhaft und strukturiert auflistete und darstellte, interessierte ihn schlichtweg nicht.

Keinen Berufsschutz zu bekommen bedeutet, dass man im Falle der wiedererlangten Arbeitsfähigkeit auf jede beliebige Arbeitsstelle verwiesen werden kann. Dieses patientenfeindliche System machte mich immer sprachloser, wütender und kränker. Mir und meinem Mann war klar, dieser Berufskundler hat von Arbeit mit Kindern und von allem, was damit zusammenhängt, wirklich keine Ahnung.

Der Gemeindebürgermeister bestätigte später schriftlich, dass ich seit meiner Anstellung aufgrund meiner pädagogischen Ausbildungen und Fähigkeiten immer Aufgaben übernommen habe, die über das gewöhnliche Stellenprofil einer Assistentin hinausgehen.

Diese Bestätigung wurde nicht mehr in den Prozess mit einbezogen. Denn Mitte 2023 sprach man mir in einem gerichtlichen Vergleich rückwirkend das Rehageld zu. An der letzten gerichtlichen Verhandlung nahm ich persönlich nicht mehr teil. Die Atmosphäre, der Ablauf, die auferlegte »Täterrolle« der vorangegangenen Prozesse bedrückte mich sehr und der Ausgang meiner Geschichte war mir schon beinahe völlig egal. Solchen Verfahrenssituationen als redliche Bürgerin ausgeliefert zu sein, mein Persönlichstes vor fremden oder auch bekannten Menschen präsentieren zu müssen, vor Laienrichtern, ist unmenschlich und beschämend! Bei einer meiner Verhandlungen war ein Bekannter Laienrichter, eine wahrlich unangenehme Situation für uns beide. Nach dem letzten Gerichtstermin informierte mich meine Rechtsanwältin über den Ausgang des Prozesses, dass mir rückwirkend Rehageld gewährt wird. Ich hätte jedoch eine Mitwirkungspflicht zu erfüllen. Diesbezüglich ist eine Case Managerin der Krankenversicherungsanstalt für mich zuständig. Das Case Management befindet sich jedoch bei der BVAEB-Hauptstelle in Wien und die Betreuung ist dadurch leider sehr unpersönlich.

Mit meiner Situation bin ich auf mich selbst gestellt und muss mich alleine durchkämpfen.

Der behördliche Hürdenlauf geht schonungslos weiter!

Im Jänner 2024 forderte die PVA eine »Wiederbegutachtung«. Erneute Termine bei Ärzten, die weder mich kennen noch ich sie, standen an. Mir graute davor, zumal ich wusste, für wen diese Gutachter arbeiten und wie die Abläufe sind! Mein Gesundheitszustand hatte sich nicht verbessert, teilweise sogar verschlechtert. Dies ist mit zahlreichen Befunden belegt.

Dennoch entzieht mir die PVA im Sommer 2024 das Rehageld und ich sehe keine andere Möglichkeit, als ein weiteres Mal ein Klageverfahren einzuleiten. Ich nehme rasch Kontakt zu meiner Anwältin auf, die zum zweiten Mal abklärt, ob der Rechtsschutz die Kosten übernimmt. Das ganze »Theater« mit unnötigen Terminen, gerichtlichen Gutachtern und Hürden ist wieder durchzustehen. Laut § 99 der ASVG kann Rehageld nur entzogen werden, wenn eine wesentliche Verbesserung gegenüber dem Gewährungszeitpunkt eingetreten ist. Wo ist denn bei mir bitte diese »wesentliche Verbesserung«?

Mir scheint, dass die PVA-Mitarbeiter meine Befunde nicht richtig lesen können oder wollen, es ist einfach unglaublich, was vor sich geht! Auch meine Kontaktaufnahme mit der Ombudsstelle der PVA und ebenso mit der Volksanwaltschaft Wien hilft nicht weiter, da es anscheinend nicht in deren Auftrag liegt, mich in dieser Sache zu vertreten.

Fast zeitgleich löse ich aufgrund meiner Krankenge-schichte mit all den chronischen Leiden mein Anstellungs-verhältnis als städtische Kindergartenmitarbeiterin einver-nehmlich auf. Irgendwie fühlt es sich sehr befreiend an, da ich mich die letzten Jahre beruflich immens geärgert habe …

Laut dem Personalvertreter hätte ich rechtlich betrachtet noch rückwirkend Anspruch auf Urlaubsgeld (drei Jahre). Er meint, dass der Arbeitgeber sich jedoch nicht darauf ein-lassen wird. Ich könne es jedenfalls vor Gericht einfordern, da es mir zustehe. Wenige Tage später informiert mich der-selbe Personalvertreter, dass das Gesetz nun gerade geän-dert wurde und ich doch keinen Anspruch mehr darauf habe. Vor ein paar Jahren noch hätte dies vermutlich mei-nen Kampfgeist entfacht. Nun gebe ich klein bei, da ich mit meinem Arbeitgeber einfach nichts mehr zu tun haben wollte und ich die Energie für mein Klageverfahren mit der PVA brauchte.

Mein Mann war bei dieser Entscheidung eine sehr große Hilfe und bestärkte mich darin, dass es Zeit war, die An-stellung aufzulösen und mich nicht mehr auf Streitereien einzulassen. Ich trauere den Jahren überhaupt nicht nach! Auch nicht dem Geld!

Bezüglich Krankenversicherung ist es ein einziger Wirr-warr und unklar, ob ich nun BVAEB und ÖGK versichert bin. Etliche Telefonate führen dazu, dass ich weitere Tele-fonate tätigen muss, um mich immer wieder neu zu erkun-digen, wer denn nun für mich zuständig ist. Mein Hausarzt legt mir stets nahe, das mit der Versicherung gut abzuklä-ren, was eher schwierig ist, da die Mitarbeiter selbst mit meinem Fall überfordert zu sein scheinen.

Im weiteren Verlauf stehen Gänge zum Arbeitsmarktservice an. Nach einem langen Gespräch und der Vorlage all meiner Befunde sowie meiner durchgehenden Arbeitsunfähigkeitsmeldungen, ist dem Mitarbeiter völlig klar, dass ich berufsunfähig und nicht vermittelbar bin. Er bedauert meine schwierige Situation, besonders, dass das PVA-Verfahren so langwierig und kräfteraubend ist. Bei Vorsprachen auf Ämtern und Behörden nehme ich kein Blatt vor den Mund und berichte vom »Systemchaos«. Ich höre zudem auch von sämtlich bemühten Mitarbeitern, dass da Vieles im Argen liegt und reformierungsbedürftig ist.

Ein absurdes Beispiel: Um Geld vom Arbeitsamt zu bekommen, muss ich unterschreiben, dass ich arbeitsfähig, sprich »gesund« bin. Gleichzeitig lege ich jedoch meine Arbeitsunfähigkeitsbestätigungen vor, die bescheinigen, dass ich krank bin. In diesem System läuft doch etwas völlig falsch!

Inzwischen bekomme ich wieder Krankengeld, solange das Klageverfahren läuft, und es steht ein gerichtlicher Gutachtertermin bevor. An solche Termine gewöhne ich mich trotz der Häufigkeit nicht!

Nicht nur, dass die PVA mich zu etwas zwingen möchte, was ich nicht erfüllen kann, sondern auch der Unwille sämtlicher Politiker, die sich nach wie vor weigern, die Pandemiezeit aufzuarbeiten, reibt mich innerlich immer wieder erneut auf.

Im Sommer 2024 kontaktiere ich die Staatsanwaltschaft Wien, um eine Anzeige gegen die Regierung bzw. gegen einige Politiker zu machen. Man verweist mich knapp an die

Staatsanwaltschaft in meinem Bundesland. Da mein Schreiben unbeantwortet bleibt, nehme ich kurz vor Weihnachten 2024 mit dem den Sachverhalt bearbeitenden Staatsanwalt Kontakt auf. Ihn telefonisch zu erreichen erfordert viel Geduld, aber ich möchte unbedingt wissen, was Sache ist. Er erklärt mir, dass kein Verfahren eingeleitet wurde, da kein Anfangsverdacht bestehe, und es üblich sei, dass man nicht informiert werde. Alles klar! War ja eigentlich auch nicht anders zu erwarten …

Inzwischen wurde mir als klagender Partei bei einem weiteren gerichtlichen Vergleich im Februar 2025 auch über den Entziehungszeitraum vom Juli 2024 hinaus Rehabilitationsgeld aus der Krankenversicherung zugesprochen. Aufgrund des gesamten unheimlich mühsamen Prozederes empfinde ich jedoch keine Erleichterung und wende mich unter anderem auch an das Sozialministerium. Dieses informiert mich über die Möglichkeit eines Schlichtungsverfahrens mit der PVA. Bei diesem könnte ich die Hürden und Belastungen schildern, die ich seit meiner Antragstellung bei der PVA 2021 erlebe. Ich habe den dringlichen Wunsch, dass sich bezüglich der Verfahrensabläufe etwas ändert, nicht nur für mich, sondern für alle Betroffenen, und nehme das Angebot gerne an. Kurze Zeit später erhalte ich eine Nachricht vom Sozialministerium darüber, dass die Schlichtungspartner der PVA mitgeteilt haben, dass sie zu einem Schlichtungstermin nicht erscheinen werden. Da eine Einigung im Rahmen des Schlichtungsverfahrens nur mit der Beteiligung beider Parteien möglich ist, wird das Verfahren nicht weitergeführt. Somit bleibt die Schlichtung ohne Einigung. Das Verhalten der PVA zeigt mir klar und deutlich, dass keine Veränderung in den Abläufen erwünscht ist und sich demnach auch in Zukunft nichts an diesen diskriminierenden Vorgängen ändern wird. Einfach unglaublich schade für all die Menschen, die von diesen Abläufen betroffen sind und sich nicht dagegen wehren können! Das Sozialministerium bedauert sehr, dass der Schlichtungspartner nicht bei der Schlichtung teilnehmen wird und es dadurch zu einer Nicht-Einigung kommt. Die zuständige Anwältin kennt die Herausforderungen und Hürden im PVA-Verfahren. Daher ist ein Gespräch mit der PVA-Direktion und der Anwältin geplant, in dem auch mein Anliegen vorgebracht wird.

Meine Wahrnehmung der politischen Strategie ist, dass sich jene verantwortlichen PolitikerInnen, welche die Geschehnisse rund um die sogenannten Corona-Pandemiemaßnahmen mitgetragen haben, nach wie vor in Schweigen hüllen. Es scheint einfacher zu sein, so zu tun, als hätte es diese Zeit nie gegeben und sich weiterhin der seriösen Aufarbeitung zu verwehren, als sich der dadurch entstandenen Probleme redlicher BürgerInnen anzunehmen.

Dass BürgerInnen, die sich nicht abwimmeln lassen und weiterhin bemüht sind, Licht ins Dunkel zu bringen, für die Amtierenden unangenehm und lästig sind, zeigt wiederum das Verhalten der Vorarlberger Gesundheitslandesrätin Frau Rüscher.

Am 27.11.2024 habe ich von der Datenschutzbehörde der Republik Österreich den mittlerweile rechtskräftigen Bescheid erhalten, dass meiner Beschwerde vom 15.12.2021 gegen die Vorarlberger Landesrätin für den Gesundheitsbereich wegen der behaupteten Verletzung im Recht auf Geheimhaltung stattgegeben wird.

Es wurde festgestellt, dass Frau Rüscher mich dadurch im Recht auf Geheimhaltung verletzt hat, indem sie als Verantwortliche unrechtmäßig auf meine Daten im zentralen Impfregister und im zentralen Patientenindex zugegriffen und diese Daten zum Zweck des Versands eines Schreibens mit Informationen betreffend einen Termin für eine Corona-Schutzimpfung verarbeitet hat. Damals bekamen ca. 67.000 Vorarlberger vom Land Vorarlberg per Post einen Impfbrief mit persönlichem Impftermin, unterschrieben von Frau Rüscher.

Kürzlich forderte ich die Verantwortliche auf, sich öffentlich für ihr Verhalten zu entschuldigen und auch angemessen zu entschädigen.

Anstatt mich persönlich zu kontaktieren, bekam ich eine Nachricht von Frau Rüschers beauftragter Kanzlei Baker McKenzie, die, wie nicht anders zu erwarten, alles ablehnt.

Abgesehen davon, dass meine Forderungen zu wenig substantiiert seien, sei das Ganze auch augenscheinlich verjährt.

Die Taktik von Frau Rüscher wird anscheinend vom Vorarlberger Landeshauptmann Herr Wallner und der gesamten Regierung befürwortet, denn auch sie hüllen sich in den Mantel des Schweigens und wählen den einfacheren Weg der Ignoranz. Leider ist diese Geschichte laut Volksanwalt auch kein Fall für ihn, da keine Kompetenz zum Einschreiten besteht.

Das schwierige Thema »Pandemieaufarbeitung« traut sich offensichtlich keiner der derzeit amtierenden Politiker in Angriff zu nehmen. Die ehrliche, anständige Aufarbeitung der bürgerfeindlichen Pandemiejahre scheint in

Vorarlberg noch nicht im Gange zu sein, aber irgendwann kommt sie bestimmt und ich hoffe auf gerechte Prozesse!

Dies ist nur eine Geschichte von vielen, die zeigt, wie mit Bürgern, die hartnäckig sind und unliebsame Themen auf den Tisch bringen, umgegangen wird: Man ignoriert sie einfach!

Viele meiner Erfahrungen mit Ämtern und Behörden spiegeln die Vorgänge sämtlicher politischen Abläufe während der Pandemiezeit wider. Wer nicht systemkonform ist, eine andere Meinung vertritt und es wagt, seine Stimme zu erheben, dem werden besonders große Steine in den Weg gelegt.

Die langwierigen Geschehnisse der letzten Jahre wirken sich sehr negativ auf meine chronischen Beschwerden aus. Besonders in den letzten Monaten hatte ich wieder massive Darmblutungen mit Schmerzen und musste mich mehreren Untersuchungen unterziehen.

Vor einigen Wochen hatte ich zudem einen geplanten Ohr-OP-Termin in Innsbruck. Er wurde vor Ort abgesagt. Laut der Klinikärztin war die geplante OP (Tubendilatation und Paukendrainage) zu diesem Zeitpunkt nicht sinnvoll. Sie schlug eine andere Methode vor, dafür hatte das Ärzteteam am geplanten OP-Tag jedoch keine Zeit. Außer Spesen nichts (für mich) gewesen. Ich war umsonst nachts um drei Uhr aufgestanden, mein Mann hatte mich zum Zug nach Innsbruck gebracht, der um sechs Uhr losfuhr. Ich wollte pünktlich dort sein und auch dem Rummel im Zug entgehen. Nachdem mich die Ärztin unverrichteter Dinge wieder entlassen hatte, stand ich mit Sack und Pack da und hatte kein Rückfahrticket. Meine Tochter wollte mir eine

Mitfahrgelegenheit über BlaBlaCar organisieren, leider meldete sich die nach Vorarlberg fahrende Person nicht zurück. Dann kaufte sie mir ein Zugticket und schickte es mir per E-Mail. Ich suchte mir am Bahnhofsgelände eine ruhige Ecke und wartete ca. drei Stunden auf meinen Zug. Am Bahnsteig war die Hölle los, was auf übervolle Abteile hindeutete. Mit viel Glück ergatterte ich noch einen letzten Sitzplatz neben einem quengeligen Kind. Neben meinem Unverständnis für die Vorgehensweise der Ärztin hämmerten zusätzlich meine Kopfschmerzen wild drauflos und ich war sehr erschöpft. Zwei Wochen später stand ich wieder bei meinem HNO-Facharzt in Vorarlberg, es hatte sich in meinem Ohr erneut Flüssigkeit angesammelt und die altbekannten Symptome waren vorhanden. Er verstand die Abläufe selbst nicht und empfahl mir wieder genau die gleiche Operation …

Zum Thema Mitwirkung und Pflicht will ich noch etwas anmerken. Mitwirken möchte ich bei Dingen, die Hoffnung auf positive Veränderung machen, weitertragen und nicht zum Stillstand führen. An etwas gegen meinen freien Willen teilnehmen zu müssen, gezwungen zu werden, schadet mehr, als es heilt.

Meine Pflicht erfülle ich gerne, wenn sie für mich einen Sinn ergibt, nicht, um systemkonform und unterworfen zu sein. Politisch und/oder behördlich aufgedrückt setzt sie besonders nach all dem Erlebten der letzten Jahre enorm unter Druck, entfremdet, blockiert, zerstört.

Meine Biografie in Kombination mit der politisch auferlegten »Pandemiemaßnahmen-Mitwirkungspflicht«, ebenso die behördlich erzwungene »Rehageld-Mitwirkungspflicht« hat ihre tiefen Spuren bei mir hinterlassen. Sie kränkte nicht nur, sondern sie machte krank.

Der Crash zwischen der Pandemie und meinem Leben war für mich mein persönlicher »Super-GAU«, ein so heftiger Einschnitt, den ich in diesem Ausmaß nie für möglich gehalten hätte!

Ich bin auf dem Weg, diesen Aufprall wieder zu lösen.

Meine angeborene innere Widerstandskraft, mein ursprüngliches intuitives Wissen und Fühlen, mein Herz wirken zu lassen und selbst danach handeln zu können ist meine wahre, große, erfüllende Lebensaufgabe. Meine ganz persönliche Wahrnehmung und menschliche Fähigkeit über die anerzogene Konditionierung der Menge zu stellen mein weiterer Weg.

Denn: »Ich gehör nur mir!«

Auf der Suche nach einer Möglichkeit, meine Zeilen veröffentlichen zu können, nahm ich Kontakt zu mehreren Verlagen auf. Es ist mir dabei aufgefallen, dass das Interesse an autobiografischen Büchern nicht besonders groß ist. Das Ganze dann auch noch kombiniert mit der beschriebenen Pandemieproblematik macht es nicht leichter, und man muss der Tatsache ins Auge blicken, ein No-Name-Autor zu sein. Eine Rückmeldung stimmte mich besonders nachdenklich:

Liebe Frau Schiffer,

vielen Dank für Ihre E-Mail. Leider fürchte ich, dass Sie bei mir an der falschen Adresse sind. Ich habe keinen Verlag und *veröffentliche selbst keine Manuskripte, sondern unterstütze Autor*innen lediglich bei der Überarbeitung ihrer Texte und bei der Verlagssuche.*

Und selbst wenn es Ihnen um diese Dienstleistung geht (ich war mir anhand Ihrer Formulierungen nicht ganz sicher), vermute ich bereits nach der Lektüre Ihres Exposés, dass ich die Betreuung Ihres Manuskripts nicht mit meinen Werten vereinbaren kann. Wenn ich das richtig einschätze, würden Sie mich möglicherweise »linksgrünversifft« nennen, und ich möchte der Verbreitung rechter Tendenzen auf keinen Fall Vorschub leisten.

Ich drücke Ihnen dennoch (ganz ehrlich) die Daumen, dass Sie an anderer Stelle die Unterstützung finden, die Sie suchen.

Diese Nachricht spiegelt für mich die letzten Jahre wider. Menschen, die sich fortan für die Wahrung der Grundrechte und für Demokratie einsetzen, werden sofort abgestempelt und einer politischen Gesinnung zugeordnet. Ich war, bin und werde höchstwahrscheinlich auch nie einer Partei zugehörig sein, weder rechts noch links. Mein Einsatz gilt einzig und alleine einem gerechten, friedlichen und absolut ehrlichen Miteinander, das meiner Meinung nach alle Erdenbürger gleichsam verdient haben!

EPILOG

In die Welt meiner Belastungen einzutauchen, die Geschehnisse der Vergangenheit und Gegenwart zu durchleuchten, meine eigene Lebensrückschau zu halten, das alles war und ist schmerzhaft.

Für einige Menschen mag das Leben nach Corona wieder relativ normal weitergehen.

Für mich nicht.

Zu tief sind die Einschnitte, die ich, wie viele andere Menschen dieses Landes, erleben musste. Dass plötzlich alles kopfstand, Grundrechte ausgehebelt, gesunde, nicht infektiöse Bürger ausgegrenzt, diffamiert und eingesperrt wurden, das vergesse ich vermutlich nie.

So bin ich nun am Ende meines autobiografischen Werkes und habe keinen spektakulären Schluss, keine Auflösung ähnlich einem Krimi oder einem Gruselfilm zu bieten. Mein Wunsch nach ehrlicher Aufarbeitung, nach Eingeständnissen gemachter Fehler und Konsequenzen für all die Verantwortlichen bleibt bestehen.

Das Schweigen sollte endlich gebrochen werden und die ganze Wahrheit ans Tageslicht kommen!

DANKSAGUNG

DANKE
meinen Herzensmenschen, meiner »Happy Family«

DANKE
meinem Mann Hubert

DANKE
meiner Tochter Mirjam

DANKE
meiner Tochter Magdalena

DANKE
meinem Schwiegersohn Faraz

DANKE
meinen Wegbegleiterinnen und Wegbegleitern

DANKE
Hubert Salzmann von der Schreibwerkstatt Feldkirch

DANKE
Frau Christiane Schüppler für das Lektorat

DANKE
meinem Hausarzt

DANKE
allen ganzheitlichen Ärztinnen und Ärzten

DANKE
allen ganzheitlichen Therapeutinnen und Therapeuten

DANKE
UNENDLICHES UNIVERSUM